গল্প চরিত

অপর্ণা ঘোষ

NOTION PRESS

Made with ❤ on the Notion Press Platform

www.notionpress.com

উৎসর্গ

আমার এই "গল্প -চরিত " আমাদের পরমাত্মীয় - শান্তনু - মধুছন্দার হাতে তুলে দিলাম।

সূচীপত্র

লেখক পরিচিতি vii

লেখকের কথা ix

লেখকের লেখা অন্যান্য বই - xi

১. দেবশিশু 1

২. পাতুবালা 19

৩. জীবন যে রকম 33

৪. মীনা 47

লেখক পরিচিতি

বাঙালীর রসবোধ মননশীলতা, সৃষ্টি ও কৃষ্টি চিরকালই বাঙালীকে এক উচ্চ আসনে বসিয়ে রেখেছে। সংস্কৃতি প্রেমী বাঙালী তাই নিজেকে কোনো যান্ত্রিক জীবনের ঘেরাটোপে সীমাবদ্ধ রাখেনি। বঙ্গ জীবনে সাহিত্য প্রেম তারই অঙ্গ। যুগ যুগ ধরে এই বাংলায় আবির্ভুত হয়েছেন বহু সাহিত্যিক, কবি, ঔপন্যাসিক। সেরকমই এক উদীয়মান সাহিত্যিক ও কবির পরিচয় আজ করাবো আপনাদের সাথে।

তিনি অপর্ণা ঘোষ। তাঁর জন্ম মুর্শিদাবাদ জেলার রুকুনপুর গ্রামে ১৩৮০ বঙ্গাব্দের ২২শে বৈশাখ। তবে তাঁর বেড়ে ওঠা মুর্শিদাবাদ জেলার বেলডাঙ্গা শহরে। মুর্শিদাবাদ থেকেই স্কুল, কলেজ জীবন শেষ করে, রবীন্দ্রভারতী বিশ্ববিদ্যালয় থেকে স্নাতকোত্তর ডিগ্রি লাভ করেন। কলেজ জীবনেই সারাবাংলা আবৃত্তি প্রতিযোগিতায় প্রথম স্থান অধিকার করেন। নাচ, গান চিত্রাঙ্কনেও পারদর্শিতার পরিচয় রেখেছেন।

তাঁর প্রকাশিত প্রথম কাব্যগ্রন্থ "কথা -সুরের কাব্য " পাঠককুলে ভীষণভাবে সমাদৃত হয়। দ্বিতীয় প্রকাশ -পাঁচটি ছোট গল্পের সংকলন। নামও দিয়েছেন - "পাঁচটি ছোট গল্প।"

বর্তমানে প্রকাশিত হলো চারটি ছোট গল্পের সমাহার। নাম - "গল্প -চরিত। "গল্প -চরিতে'র প্রতিটি গল্পই বাস্তব চরিত্রানুসারে রচিত কিছু আকর্ষণীয় ঘটনার সুন্দর সুললিত প্রকাশ। আশাকরি আমার মত সকল পাঠককেই তা মুগ্ধ করবে।

শান্তনু চট্টোপাধ্যায়।

লেখকের কথা

সময় হাওয়ার চেয়েও দ্রুত গতিতে ছোটে। বয়সের সাথে সাথে এই উপলব্ধি আরো স্পষ্ট হচ্ছে। বছর, মাস, বার চোখের সামনে দিয়ে বেরিয়ে যাচ্ছে। কাউকেই সময় মত ধরতে পারছি না। কত চিন্তা ভাবনা মনের মধ্যে। কিন্তু কিছুই কাজে লাগাতে পারছি না। এখন সবকিছু তাঁর ইচ্ছের ওপর ছেড়ে বসে আছি। তিনি চাইলে নিশ্চয় হবে।আমার ইচ্ছের ওপর তো কিছুই নির্ভর করে না। তাঁরই ইচ্ছের প্রকাশ এই "গল্প চরিত।"

এই বই প্রকাশে যাঁরা আমাকে বিশেষ ভাবে সাহায্য করেছেন, তাঁদের কথা না বললে নিজেকে ভীষণ অপরাধী মনে হবে। প্রতিবারের মতো, এবারেও তনয়া চক্রবর্তী,আমার সহকর্মী, প্রথম থেকেই পাশে ছিলেন। ছিলেন আমার নীতা দি(মণ্ডল),আমার বোনঝি সোহিনী মন্ডল, সে তার অফিসের কাজের ব্যস্ততার মধ্যেও সময় বের করে আমার কাজ করে দিয়েছে। যত আদর করি না তোকে, কম পড়ে যাবে। আর আমাদের পারিবারিক বন্ধু শান্তনু চট্টোপাধ্যায়। শান্তনু আর নীতা দির উৎসাহ আর আন্তরিকতা না থাকলে এই বই হয়তো প্রকাশ পেত না। আর সৌমেন সরকার, তিনি সাহায্য না করলে বই লেখার কথা ভাবতেই পারতাম না।

আর আছেন আমার পাঠক বন্ধু, তাঁরাও নতুন লেখা প্রকাশের জন্য তাড়া দিতে থাকেন।

আমি আপনাদের সকলের কাছে ভীষণভাবে কৃতজ্ঞ। তাঁর ইচ্ছে থাকলে, আপনাদের সকলের ভালোবাসায়, আন্তরিকতায় আমি হয়তো পারবো, এই আশা রাখি।

লেখকের লেখা অন্যান্য বই -

কবিতার বই প্রকাশ

অপর্ণা ঘোষের কবিতার বই 'কথা সুরের কাব্য'র দ্বিতীয় সংস্করণ প্রকাশিত হল। সম্প্রতি বহরমপুর থেকে সেই কবিতার বইটি প্রকাশিত হয়েছে। কবি বলেছেন, "কথা সুরের কাব্যর প্রথম গ্রন্থের সাফল্য আমাকে দ্বিতীয় সংস্করণে উৎসাহ দিয়েছে। প্রথম গ্রন্থে প্রকাশিত কবিতার সঙ্গে আরও বেশ কিছু কবিতা যুক্ত করে দ্বিতীয় সংস্করণ প্রকাশ করলাম।"

ভিড় জমাচ্ছেন পর্যটকেরা

নাট্যসন্ধ্যায় ভিড়

পরিবেশের উপরে কর্মশালা

চিত্র প্রদর্শনী

কবিতার বই প্রকাশ

বিদ্যালয়ে সুবর্ণজয়ন্তী অনুষ্ঠান

সাংস্কৃতিক অনুষ্ঠান

বসে আঁকো প্রতিযোগিতা

বই প্রকাশ

নবাবি শহরে চিত্র প্রদর্শনী

বহরমপুরে চিত্র প্রদর্শনী

তৈরি করে ... ব পড়ুয়ারা

বইমেলায় চিত্র প্রদর্শনী

ভাষা দিবসের অনুষ্ঠান

প্রশিক্ষণ শিবির

পাঁচটি গল্পের বই

সাংস্কৃতিক প্রতিযোগিতা

বাড়ি থেকে খাবার তৈরি করে স্কুলের খাদ্য উৎসবে পড়ুয়ারা

চিত্রকলা প্রদর্শনী

পুরস্কার প্রদান

নানা অনুষ্ঠান

আলোচনা চক্র

সচেতনতা বাড়াতে

দু'দিনের প্রদর্শনী

বইমেলায় চিত্র প্রদর্শনী

ভাষা দিবসের অনুষ্ঠান

প্রশিক্ষণ শিবির

পাঁচটি গল্পের বই

সাংস্কৃতিক প্রতিযোগিতা

১. দেবশিশু

এত রাত্রে বাচ্চার কান্নার আওয়াজ ! ফাজনা, দেখতো কে এলো ? পুলিশ মনে হয় কোনো বাচ্চা রেসকিউ করেছে।

ফাজনা দৌড়ে গিয়ে দেখে এসে বললো - "হ্যাঁ গো, বন্দনা দি। পুলিশ বাচ্চা নিয়ে এসেছে। দেখে মনে হলো খুবই ছোট, কয়েকদিনের বাচ্চা। তুমি তাড়াতাড়ি এসো। "

বন্দনা সিঁড়ি বেয়ে নিচে এলো। এখানকার সিঁড়ি গুলো বেশ চওড়া। সিঁড়ির দেওয়ালের গায়ে বাংলা, ইংরেজী বর্ণমালা বড় বড় করে লেখা। প্রজাপতি, কালো মোটা পিঁপড়ে, বিভিন্ন ফুল, ফলের ছবিতে দেওয়াল বর্ণময় হয়ে উঠেছে। এখানকার সুপারকে ভালো বলতে হয়। বাচ্চাদের কথা ভেবে, চারিদিকের পরিবেশ তাদেরই উপযোগী করে সাজিয়ে তুলেছেন।

রাত্রি তখন দুটো। চারিদিক নিস্তব্ধ। বন্দনা নিচে আসতেই পুলিশ বললো - "ম্যাডাম, দু'দিনের বাচ্চা। চালান করে দিচ্ছিলো। থানাতে জানিয়ে এখানে নিয়ে এলাম। কাগজপত্র গুলো তাড়াতাড়ি সই সাবুদ করে, বাচ্চাটিকে রাখার ব্যবস্থা করুন। "

বন্দনা ইশারা করতে ফাজনা বাচ্চাটিকে কোলে তুলে ওপরে নিয়ে এলো। মাথা ভর্তি চুল। চোখ বন্ধ করে ক্রমাগত কেঁদেই চলেছে। ছোট ছোট মুঠো করা হাত, আর পা দু'টো নাড়িয়ে গায়ের সমস্ত শক্তি দিয়ে সে কেঁদে যাচ্ছে। ভগবানের কাছে তার অভিযোগ - এই মনুষ্যত্বহীন পৃথিবীতে কেন তাকে ছেড়ে দিলেন? সে কি বুঝতে পারছে, আজ থেকেই তার বেঁচে থাকার লড়াই শুরু হলো।

ফাজনা বাচ্চাটিকে তাড়াতাড়ি দোলনাতে শুইয়ে দিয়ে গীতাদিকে ডাকতে দৌড়ালো। গীতাদি আজ বাচ্চাদের দেখভালের নাইট ডিউটিতে

আছে। বহুদিন ধরে এই হোমে চাকরি করছে। বহু অভিজ্ঞাতা তার ভাণ্ডারে। বাচ্চাদের নড়াচাড়া থেকে হাসিকান্না, তাদের মনের সব রকমের কার্যকারণ সে জানে।

গীতাদি এসে প্রথমেই বাচ্চার গায়ে জড়ানো তোয়ালে সরিয়ে ফিতে বাঁধা একটা ফ্রক পরিয়ে দিলো। দুধ গুলে একটা ছোট্ট দুধের বোতল মুখে ধরিয়ে দিলো। কান্না বন্ধ হয়ে গেলো। সে কি বুঝলো, মা এসে আর তার কান্না থামাবে না। নিজের কান্না নিজেকেই থামাতে হবে।

এবার গীতাদির বাণী শুরু হলো -" বাচ্চা যখন মানুষ করতে পারবি না, বাচ্চাকে এ পৃথিবীতে কেন এনেছিলি তোরা ? বাচ্চা বিক্রি করে রোজকার করবি বলে? নরকেও তোদের জায়গা হবে না। "

ফাজনা তাড়াতাড়ি বললো - "গীতাদি চুপ করো। বন্দনাদি'র কানে গেলে রাগারাগি করবে।"

“আর রাখ তোর বন্দনাদি কে। আমি কাউকে ভয় পাইনা।” প্রচন্ড রেগে আছে গীতা দি।

আবার বলতে শুরু করলো - " আজ পঁচিশ বছর ধরে এখানে কাজ করছি। যত ঝামেলা এই গীতাদির ওপর দিয়েই যায়। রাত জেগে, দিন জেগে মানুষ করি। নিজের খাওয়া দাওয়া বিশ্রাম সব ভুলে যাই। তার পর ক'দিন যেতে না যেতেই দেখবো কারা যেন মা, বাবা সেজে এসে বাচ্চাগুলোকে নিয়ে চলে গেলো। আমার বুকের ভেতরটা মোচড় দিয়ে ওঠে। অস্থির অস্থির করে। কেন যে এত মায়ায় জড়িয়ে পড়ি কে জানে ?"

গীতাদি মুখে এসব কথা বললেও মন প্রাণ থেকে চায় - ওরা ভালো মা, বাবা পাক। মাঝে মাঝেই বন্দনাদি, মীনাদিকে জিজ্ঞাসা করতে অফিস ঘরে যায় - "নতুন কোনো মা, বাবা এসেছে? নিয়ে যাবার দিনক্ষণ ঠিক হয়েছে?"

বড় ভালো মানুষ গীতাদি। খারাপ লোকের সাথে বিয়ে হয়েছিল। বর তাকে বিক্রি করে দেয়। সেখান থেকে কোনক্রমে পালিয়ে আসে। তারপর একে ওকে ধরে, বলে- কয়ে বন্দনাদি-ই হোমের চাকরিটা পাইয়ে দিয়েছে। গীতাদি এখন অনেক বাচ্চার মা। তার মতো মা এ সংসারে মেলা ভার।

জগবন্ধু অনাথ আশ্রমে ভোর ছ'টা থেকেই শুরু হয়ে যায় ব্যস্ততা। কেউ খিদে পেয়েছে বলে কাঁদছে। কেউ একটানা কেঁদেই চলেছে, জানে না তার কি সমস্যা। বিছানায় হিসু করেছে বলে কেউ বকুনি খাচ্ছে। কাউকে ডাকা হচ্ছে হিসু করানোর জন্য। কেউ বীনাদি, বীনাদি বলে হাঁকছে তাকে বড় ঘরে নিয়ে যেতে হবে বলে।

রাতের ডিউটি থাকলে এই এক সমস্যা। কম বেশি সারারাত-ই জাগতে হয়। চারটের পর থেকে আর ঘুমোনোর উপায় নেই। যারা পারে, তারা অবশ্য হাজার বার ডাকলেও ওঠে না। ধমকে ধমকে বাচ্চাদের ঘুম পাড়িয়ে দেয়। খারাপ কাজ হয়ে গেলে সকালে তাকেই আবার বকুনি দেয়। বাচ্চারা বেশী দুষ্টুমি করলে সুযোগ পেলে দু-এক ঘা বসিয়েও দেয়। তবে বন্দনা ম্যাডাম জানতে পারলে কপালে কঠিন দুঃখ আছে তার।

এখানে অনেক গুলো বিল্ডিং আছে। বন্দনা ম্যাডামের বিল্ডিংয়ে একদিন থেকে পাঁচবছর বয়সী বাচ্চারা থাকে। আরেকটা বিল্ডিংয়ে ছয় থেকে বারো বছর বয়সী বাচ্চারা থাকে। এই দুটো থেকে আরেকটু দূরের বিল্ডিংয়ে যাদের বয়স তেরো, তাদের থেকে শুরু করে আরেকটু বড় বাচ্চাদের থাকার ব্যবস্থা আছে।

ছ'বছর থেকে মেয়েদের থাকার আলাদা বিল্ডিং রয়েছে। এছাড়া প্রাপ্ত বয়স্ক মহিলাদেরও থাকার বন্দোবস্ত আছে।

বিশাল চত্বর জুড়ে এই আশ্রম। মাঝখানে আছে বাঁধানো পুস্করিণী। চারপাশে আম, লিচু, পেয়ারা, জাম, সবেদা, কাঁঠাল, নারকেল, খেজুর, তাল নানান ফল, আর ফুলের সাজানো বাগান। তৈরী করা আছে এক বড় মন্দির। সেখানে দুর্গাপুজো, কালীপুজো, স্বরস্বতীপুজো হয়। এক বিশাল হলঘর আছে। সেখানে বড়দিনের জমকালো অনুষ্ঠান, ইংরেজী, বাংলা নববর্ষ, এমনকি ২৫ শে বৈশাখ ও পালিত হয়।

এখানকার ছেলেমেয়েরাই নাচ, গান, নাটক, কবিতাতে অংশগ্রহণ করে। মাঝে, মাঝে অবশ্য বাইরে থেকে নাম করা আর্টিস্ট এনে বেশ বড় অনুষ্ঠান, খাওয়া দেওয়ার ব্যবস্থা থাকে। আশ্রমের এই বিশাল চত্বর বড় উঁচু প্রাচীর দিয়ে ঘেরা। প্রাচীরের ওপরে কাঁটা তার। কেউ সহজে ভেতরে ঢুকতে পারবে না। আশ্রমের ভেতরে ঢোকার প্রধান যে দরজা, সেটি ভীষণ ছোট। নিচু হয়ে ভেতরে ঢুকতে হয়।

এতগুলো বিল্ডিংয়ের মধ্যে কেবলমাত্র বন্দনাদির বিল্ডিংয়েই সারারাত্রি ধরে আলো জ্বলে, আর চলে নানান কাজের তৎপরতা। তবে পরীক্ষা, বিশেষ করে মাধ্যমিক, উচ্চমাধ্যমিকের সময় কেউ কেউ ভোর বেলায় উঠে পড়তে বসে। তখন বিল্ডিংয়ের কোন কোন ঘরে আলো জ্বলে।

জগবন্ধু অনাথ আশ্রমে লেখা পড়ার এক সুন্দর পরিবেশ আছে। এন. জি. ও সংস্থাগুলো এখানে পড়াশুনো, আঁকা, গান বাজনা, নাচ সব ব্যাপারেই বিশেষ উদ্যোগ নিয়ে ভালো কাজ করে। অনেক ছেলেমেয়েই এখান থেকে মাধ্যমিক, উচ্চমাধ্যমিক পাশ করে উচ্চশিক্ষিত হয়ে চাকরি পেয়েছে। খেলার কোটাতেও চাকরি পেয়েছে অনেকে। যারা চেয়েছে, বিয়ে দিয়ে সংসারী করা হয়েছে। ছেলে মেয়েদের সেলাই, বিভিন্ন হাতের কাজ শেখানো হয়। স্বাবলম্বী করার একটা প্রচেষ্ট আর কি।

বন্দনাদির খুদে গুলো এখানে বেশি দিন থাকে না। মোটামুটি ছয় মাস, এক বছরের মধ্যেই নতুন বাবা, মা পেয়ে যায়।

এই তো ক'দিন আগে এলো তিতলি। চার বছরের মিষ্টি দেখতে মেয়ে। হিন্দিতে কথা বলে। এসে বলেছিলো -" পাপা মুঝে মেরা প্যারী তিতলি, মেরা লাডলী তিতলি বলকে পুকারতা।" কোন অভাগা পাপারে তুই। মেয়ে তোকে ভুলতে পারে না, আর তুই নিষ্ঠুর হয়ে মেয়েকে ফেলে দিয়ে গেলি !

আর সোহিনী, ফর্সা, চুলে বব ছাট দেওয়া, টানা টানা মায়াতে ভরা দুটো চোখ। তার কথা বলা, হাঁটাচলা, পরিষ্কার পরিচ্ছন্নবোধ, খাওয়া - দাওয়ার ধরণ দেখলেই বোঝা যায় কোন ভদ্র অভিজাত বাড়ির মেয়ে। পাঁচ বছর বয়সেই বাবা-মায়ের ত্যাজ্য হয়ে আশ্রমে ঠাঁই পেলো।

পারিজাত, অভ্র আর নীল। তিন জনের বয়সই চার থেকে পাঁচ বছরের মধ্যে। অসম্ভব দূরন্ত, আর মাথা দুষ্টু বুদ্ধিতে ভরা। এদের মধ্যে পারিজাত খেতে ভালোবাসে। শরীর স্বাস্থ্য দেখলেই বোঝা যায়। নিজের বরাদ্দের খাবার ছাড়াও অন্যের খাবার তুলে নিয়ে খেয়ে নেয়। রান্নাঘরে সেদ্ধ করে রাখা ডিম চুরি করে খায়। পারিজাত ছাড়া দুধ এরা কেউ-ই খেতে ভালোবাসে না। তবে একেবারে ক্ষুদে গুলোর গুঁড়ো দুধ এরা সুযোগ পেলেই আলমারি খুলে চুরি করে খায়। এদের হাত থেকে বাঁচাতে গুঁড়ো দুধের কৌটো সুপারের আলমারিতে রাখা হয়।

তবে ছোট গোয়েন্দাদের চোখ ঠিক তার হদিশ পায়। সুপারের অনুপস্থিতে চুপি চুপি আলমারি খুলে কৌটো বের করে, চোখে, মুখে মাখিয়ে মুঠো মুঠো খায়। তারপর গলায় আটকে খক খক কাশীতে সবাই মিলে ধরা পড়ে। তিনজনের কপালেই সেদিন শাস্তি জোটে।

তিনজনে একসাথে চান করতে বাথরুমে ঢোকে। একজনের পিঠের ওপর আরেকজন উঠে কল খোলে। একে ওপরকে সাবান মাখিয়ে দেয়, গা ধুয়ে দেয়, মাথা মুছে দেয়। মায়েদের যে কাজ তারা দেখে এসেছে, সেই কাজ তারা বন্ধুর জন্য করে।

এদের মধ্যে নীল খুব দুর্বল। সে নিরামিষাশী। প্রায় কিছুই সে খায়না। কোনো সবজি মুখে তোলে না। স্বাভাবিকভাবেই ভীষণ দুর্বল। তবে বাকি দুই বন্ধুর সহায়তায় সব রকমের দুষ্টুমিতে সমান পারদর্শিতা দেখায়।

এই বয়সে, মানুষের আচরণ দেখে, নিক নেমও দিতে শিখে গেছে তারা। ডালিয়া নামের একজন মেয়ে এখানে প্রতিদিন আসে ঘর ঝাড় দেওয়া, মোছার কাজ করতে। এই বিল্ডিংয়ের পুরো দায়িত্বই তাকে দেওয়া আছে। বাচ্চাদের ঘরে কোথাও যেন ঝুল না থাকে, সিঁড়ি যেন প্রতিদিন ঝাড় দেওয়া, মোছা হয়, এসব ব্যাপারে বন্দনাদির কড়া নজর আছে, ফাঁকি দিতে পারবে

না। লাঠি দিয়ে ঘর মোছার সময় বন্দনা মোবাইলে গান চালিয়ে নেচে নেচে মোছে। তাই খুদে গুলো নাম দিয়েছে নাচ- ডালিয়া। সুমিদি বাচ্চাদের ঘুম পাড়াতে গিয়ে নিজেই ঢুলে পড়ে, তাই সুমিদিকে ডাকে ঘুম- সুমিদি বলে।

বাবা-মা পরিত্যক্ত হয়ে এখানে আশ্রয় পেয়ে এরা নিজেরাই, নিজেদের জগৎ গড়ে তোলে। তাদের এই জগতে তারাই একে ওপরের বাবা, মা, বন্ধু সব কিছু। অসুস্থ হলে বন্ধুর পাশে বসে গল্প করে, গায়ে, কপালে, হাত দিয়ে দেখে গরম কিনা, অসুস্থ বন্ধুকে হাত ধরে টয়লেটে নিয়ে যায়, বর্ষায় উঠোনে জমে থাকা জল পেরোতে না পারলে, একজন আরেকজনকে জড়িয়ে ধরে পেটের ওপর তুলে নিয়ে জল পার করে দেয়।

এ এক অদ্ভুত অন্তরাত্মার টান। এরা কেউ কাউকে ছেড়ে এক মুহূর্ত থাকতে পারে না। একজনকে ভ্যাকসিন দেওয়াতে হসপিটাল নিয়ে গেলে বাকিরা হাপুস নয়নে চিৎকার করে কাঁদে। ভিডিও কল করে বন্ধুর সাথে কথা বলিয়ে দিয়ে বোঝাতে হয়, ডাক্তার দেখানো শেষ হলে এক্ষুনি হসপিটাল থেকে ফিরে আসবে, তবেই শান্ত হয়।

বাচ্চারা নিজেদের মধ্যে খুব তাড়াতাড়ি বন্ধুত্ব গড়ে তুলতে পারে। আর এখনকার বাচ্চারা শুধু সমবয়সীদের সাথে বন্ধুত্ব গড়ে তাই-ই নয়, তাদের চেয়ে বয়সে ছোট, বয়সে বড়, বৃদ্ধ, কাজের লোক, যে কোন ধরণের মানুষের সাথেই বন্ধুত্ব তৈরী করতে পারে তাড়াতাড়ি। শুধু বন্ধুত্ব নয়, অন্তরের ভালোবাসা দিয়ে এক অদ্ভুত বন্ধন গড়ে তোলে। তাদের দুষ্টুমি, তাদের কথাবলা, তাদের যে কোনো কাজের মধ্য দিয়েই বোঝা যায়- দু'হাত বাড়িয়ে জগতের সব কিছুকেই তারা আপন করতে চায়ছে, আপনজন বলেই ভাবছে।

এদের কান, চোখ, ভীষণ সজাগ। জীবনের শুরুতেই আপনজনের থেকে বিচ্ছেদের যন্ত্রনায় সম্ভবত এই সচেনতা তৈরী করে। রাত্রে কোনো বাচ্চা কাঁদলে সবার আগে এদের ঘুম ভেঙে যায়। পারিজাত দৌড়ে গিয়ে বলে- "ফাজনাদি ওঠো, ওঠো, বুনু কাঁদছে।" অভ্র দৌড়ে এসে বলে -"বুনুর খিদে পেয়েছে দুধ খাইয়ে দাও।" নীল এসে বলে -"বুনুর পেট ব্যথা করছে, ডাক্তার দিদিকে ফোন করো, এসে যাবে।" কোথা থেকে আসে এদের এই মমত্ববোধ, একাত্মতা ?

এদের মধ্যে নীলের সচেতনতা, একাত্মবোধ, চিন্তা ভাবনার গভীরতা একটু বেশি।

বর্ষাকালে একবার গীতাদি পা পিছলে পড়ে গেলো। চারিদিক থেকে সবাই ছুটে এলো, বলতে লাগলো - "আহা, গীতাদি লেগেছে, ওঠো, ওঠো, কি'করে পড়ে গেলে?"

নীল ছুটে এলো, ফ্রিজ থেকে এক টুকরো বরফ বের করে নিয়ে। ছোট ছোট দুটো হাতে বরফ নিয়ে এসে গীতাদিকে বলে - "বরফ লাগাও ভালো হয়ে যাবে। ব্যাথা করবে না।" গীতাদির দু'চোখ জলে ভরে এলো। মনের মধ্যে সন্তান স্নেহ জেগে উঠলো।

দেখতে দেখতে পুজো এসে গেলো। আশ্রমের মধ্যে বেশ সাজ সাজ ব্যাপার। ছেলে মেয়েদের নতুন জামা প্যান্ট এসেছে। চটি এসেছে। বন্দনাদি পারিজাতকে জিজ্ঞেস করল - "তুই কি তিতলির মতো হেয়ারব্যান্ড নিবি?" পারিজাত মুখটা শক্ত করে উত্তর দিল - "আমি হেয়ারব্যান্ড মাথায় দিই না। ওসব মেয়েরা লাগায়।"

মেয়েদের জন্য চুরি, টিপ্, আরো অনেক সাজগোজের জিনিস এসেছে। ছেলেদের তো এসব লাগে না।, তাই ওদের জন্য বেল্ট, আর সুন্দর দেখতে টুপি আনা হয়েছে। সবই অবশ্য এন.জি. ও দের অবদান।

আশ্রমের মধ্যেই বাচ্চাদের স্কুল। পুজোর ছুটিতে একমাস স্কুল বন্ধ থাকে না। লক্ষ্মীপুজোর পরেই স্কুল খুলে যায়। এখানকার সব বাচ্চাই ঘুম থেকে ওঠে ভোর বেলায়। সকালের দরকারি কাজ সেরে স্নান করে নেয়। দুধ, বিস্কুট, বা হরলিক্স, বিস্কুট খেয়ে স্কুলে যায়। সাড়ে বারোটায় ফেরে। দুপুরে ভাত খেয়ে ঘুমোতে যায়। বিকেলে মাঠে খেলে। পিটি, ব্যায়াম সবকিছু এখানে করানো হয়। মাঠ থেকে ফিরে ফল, মিষ্টি, বা কেক কিছু একটা খায়। সন্ধ্যেবেলায় পড়তে বসে। রাত্রের খাবার সাড়ে আটটা থেকে ন'টার মধ্যে খেয়ে শুয়ে পড়ে।

সপ্তাহের সাতদিনের খাবারের লিস্ট তৈরী করা আছে। সেই লিস্ট দেখেই চার বেলার খাবার তৈরী হয়। পুজো বা বিশেষ অনুষ্ঠানে স্পেশাল

খাবারের ব্যবস্থা থাকে। এই খাবারের জন্যই ছেলে মেয়েরা তাকিয়ে থাকে, কবে বিশেষ অনুষ্ঠান আসবে।

দুর্গাপুজো, কালীপুজো, ভাইফোঁটা পেরিয়ে গেলেই পারিজাত বাবা মায়ের কাছে থাকতে শুরু করবে। আশ্রমের সবাই এই খবর জেনে গেছে। কেবল মুন্নি বোধহয় এই খবর জানে না। মুন্নি অন্য বিল্ডিংয়ে থাকে। কিছুদিন থেকেই চুপচাপ একা একা বিকেলে মাঠে বসে থাকে। কেন যে তার মনখারাপ কেউ জানে না।

পারিজাত, অভ্র, নীল তিনজনেই মুন্নিকে খুব ভালোবাসে। মুন্নিও তাদের খুব ভালোবাসে, ওদের সাথে খেলে। বিকেলবেলায় তিনজনেই লাফাতে লাফাতে মুন্নির কাছে গেলো। নীল বললো - "জানো মুন্নিদি, পারিজাত ভাইফোঁটার পরেই বাবা মায়ের কাছে চলে যাবে।"

একথা শুনে মুন্নি তিনজনের গালেই ঠাস ঠাস করে চড় কষিয়ে, "বাবা-মায়ের কাছে চলে যাবে" বলে মুখ ভেঙিয়ে চলে গেলো। মুন্নির এই আচরণ দেখে তিনজনেই বিস্ময়ে বাক্যহারা হয়ে গেছে। এ কোন মুন্নিদি !

মা-বাবা এই শব্দটি এদের কাছে এক পরমপ্রিয় অত্যাশ্চর্য প্রাণশক্তি, যে শক্তির জোরে জগতের সব খুশি, আনন্দ, তারা প্রাণ খুলে উপভোগ করতে পারে।

বারো বছরের মুন্নি কবে থেকে স্বপ্ন দেখে একদিন তার বাবা-মা এসে তাকে নিয়ে যাবে। কই, এখনোতো এলো না। ক'দিন বাদে পারিজাত চলে যাবে, এরপর হয়তো অভ্রও চলে যাবে, নীলও চলে যাবে। আর সে, সে কি কোনোদিন পারবে যেতে ? বাবা, মা কোনোদিন এসে তাকে নিয়ে যাবে না?

সে কল্পনায় বাবা-মায়ের কি সুন্দর মূর্তি বানিয়ে রেখেছে! তারা কবে বাস্তব হয়ে আসবে তার জীবনে? আরো কতদিন সময় লাগবে?

পারিজাত, অভ্র, নীলকে চড় মেরে মুন্নি নিজেও খুব কষ্ট পেয়েছে। এমন আচরণ তো সে কখনো ক-রে না। ওদের কত ভালোবাসে। সে নিজেও জানে না, কেন এমন কাজ সে করলো। ঘরে এসে দু'হাতে মুখ ঢেকে সে

কেঁদেই চলেছে। কে আছে? কে বুঝবে তাকে? কে শুনতে পাবে তার কান্নার আওয়াজ ?

পারিজাত মহাআনন্দে মা-বাবার কাছে চলে গেলো। সেখানে গিয়ে স্কুলে ভর্তি হয়েছে। অনেক বন্ধু পেয়েছে। ঘর ভর্তি তার খেলনা। এত পেয়েও অভ্র, নীলকে ভুলতে পারছে না। তাদের সাথে কথা বলার জন্য প্রায়ই মায়ের কাছে বায়না করে। একদিন মা সত্যিই বন্দনাদিকে ফোন করলো। বন্দনাদি খুশি হয়ে অভ্র-নীলকে ভিডিও কলে ধরিয়ে দিলো। ভিডিও কলে তাদের বাক্যলাপ শুনে, আশ্চর্য না হয়ে থাকা যায় না।

পারিজাত -"অভ্র নীল আমি মা বাবার কাছে এসেছি। তোমরা ওখানে দুষ্টুমি করবে না।"

অভ্র -"তুমিও দুষ্টুমি করবে না। মা-বাবার সব কথা শুনবে।"

নীল -" গুড বয় হয়ে থাকবে। দুষ্টুমি করলে আমারা তোমার বন্ধু হব না।"

পারিজাত -"আমি মা, বাবার সব কথা শুনি। আমি গুড বয়। তোমরাও গুড বয় হয়ে থাকবে। "

হঠাৎ মায়ের দিকে তাকিয়ে পারিজাত বললো -" মা, নীলকে বল সব খাবার খেতে। খাবার না খেলে ও গুড বয় হতে পারবে না। "

মা ফোনেই নীলকে আদর করে ছেলের সব কথা জানিয়ে দিলো।

আমরা বলি রক্তের টান। এদের কথা শুনে মনে হয় আত্মার টান। এমন কথা এত ছোট বাচ্চার মুখে আসে কি করে?

স্বজনহারা বাচ্চা বলেই বোধহয়, জগতের সবাই তাদের স্বজন হয়ে যায়। কথা না শোনা, মারপিট, খাবার না খাওয়া, রান্নাঘর থেকে পছন্দের খাবার চুরি করে নেওয়া, পড়তে না বসা, সব রকমের দুষ্টুমি এদের মধ্যে আছে। তবুও সতেজ, নিষ্পাপ মুখগুলোর দিকে তাকিয়ে ভালো না বেসে পারবে না।

বন্দনাদির ভীষণ ব্যস্ততা। আশ্রমের অফিস, কোর্ট চত্তর, মিটিং; তাছাড়া নিজের সংসারের কাজ তো আছেই। সব মিলিয়ে পাগল, পাগল অবস্থা। এরই মধ্যে বনগাঁর কোন এক কলেজের প্রিন্সিপাল, তার স্ত্রী অফিস খোলার সাথে সাথে হাজির হয়েছে।

সেদিন আবার গীতাদির দিনে ডিউটি ছিল। গীতাদি ওনাদের দেখেই বললো -"আপনারা এখানে কেনো এসেছেন? ম্যাডাম তো আপনাদের ভেতরে ঢোকার পারমিশন দেবেন না। যা অমানুষের মতো কাজ করেছেন আপনারা, এ জীবনে আর বাচ্চা নেবার কথা ভাববেন না। তাছাড়া আপনারা সন্তান কোনোদিন পেতে চাননি। কাজের লোক খুঁজতে এসেছিলেন। বনগাঁয় পয়সা দিলে ছোট, বড়, ছেলে, মেয়ে অনেক কাজের লোক পাবেন। বিনা পয়সায় অবশ্য কোথাও-ই পাবেন না।" বিশাল এক মুখ ঝামটা দিয়ে গীতাদি চলে গেলো।

এই প্রিন্সিপাল আর তার স্ত্রী এখান থেকেই ছয় বছরের বাচ্চা এডপ্ট করেন। নিয়ে যাবার সময় তো নতুন জামা, জুতো পরিয়ে, হাতে চুরি, মাথায় হেয়ারব্যান্ড লাগিয়ে কোলের ওপর বসিয়ে কত আদর করতে করতে গাড়ি করে নিয়ে গেলো । বাড়ি ফিরলে তাদের আসল উদ্দেশ্য বোঝা গেলো।

ওই একরত্তি ছোট্ট মেয়ে স্টোররুমের মধ্যে একা শুয়ে থাকে। ঘর সংসারের প্রায় সমস্ত ধরণের কাজ তাকে দিয়ে করায় । স্কুলে যাওয়া তার বন্ধ হয়ে গেছে। বাবা মায়ের যে আদর স্নেহ ভালোবাসা সে এখানে পাবে বলে আস্তে চেয়েছিলো, তা কর্পূরের মতো উবে গেছে। এর চেয়ে আশ্রমেই সে ভালো ছিল। একটা ঘেরা টোপের মধ্যে থাকতে হতো ঠিকই, তবে এখানকার ঘেরাটোপ তো ভয়ংকর! এই মুখোশধারী বাবা মায়ের হাত থেকে সে উদ্ধার পাবে কিভাবে !

সরকারি আশ্রম থেকে বাচ্চা নিয়ে আসার পরে, সরকারি নজরদারি বাচ্চার ওপর থেকেই যায়। সেই নজরদারিতে ভন্ড বাবা-মায়ের অত্যাচার ধরা পড়লো। সরকারি ইনভেস্টিগেটররা বাচ্চা তুলে নিয়ে এসে আশ্রমে দিয়ে দিলো। পাষন্ড প্রিন্সিপাল আর তার স্ত্রীর নামে অত্যন্ত কঠিন কেস দিয়ে, এ জীবনের মতো তাদের বাবা-মা সাজা বন্ধ করে দিলো।

বন্দনাদি অফিস ঘরে এসে বললো -" কে আপনাদের অফিস ঘরে ঢোকার পারমিশন দিয়েছে? ভবিষ্যতে আর কখনো এখানে আসবেন না। আপনারা নিজে থেকে যাবেন? নাকি পুলিশ দিয়ে বের করে দেব?"

এ জগৎ সংসার বড়োই বিচিত্র। কেউ বাবা-মা হয়ে স্বেচ্ছায় নিজের স্বত্ত্ব ত্যাগ করছে, কেও বাবা-মা না হতে পাড়ার দুঃখে হা-হুতাশ করছে। কেউ ভন্ড বাবা-মা হতে গিয়ে কেসে ঝুলছে।

এত সব গন্ডগোলের মধ্যও একটা ভালো খবর হলো অভ্র আর নীলের ও বাবা, মা ঠিক হয়ে গেছে। অভ্র লন্ডন চলে যাবে। নীল অবশ্য এই দেশেই থাকবে।

পারিজাত চলে যাওয়ার পর এরা মানিকজোড় হয়ে ঘুরে বেড়াতো। খাওয়া-দাওয়া ওঠা বসা ঘুমোনো সব একসাথে। দুষ্টুমিতেও তারা সেরা।

সকালে গীতাদি এসে বলেছে -"এই যে জোড়া মানিক, হাতের নখ কেটে, ভালো করে সাবান মেখে, শ্যাম্পু করে বাবু হয়ে নাও। বাবা, মা আসবে তো।"

অভ্র বললো -"আমি নখ কাটবো না। আমার বাবার আঙুলে বড় বড় নখ থাকতো।"

গীতাদি বললো- "হায় রে, এতদিনেও বাবার নখের কথা ভুলতে পারিসনি। বাবা তো জানতো না, তাই নখ রেখেছিলো। তুমি তো জানো- হাতের নখ রাখলে, হাতের নোংরা পেটে চলে যায়, শরীর খারাপ হয়, নিজেরই মুখ-হাত-পা চিড়ে যায়। দেখেছো নীল সব নখ কেটে ফেলেছে। তুমিও কেটে ফেলো। "

অভ্রর বাবার উদ্দেশ্যে চারটি খারাপ কথা বলতে ইচ্ছে করছিলো গীতাদির। কিন্তু নিজেকে সামলে নিলো। হাজার হোক, বাবা তো। বাবার নামে খারাপ কথা বললে ছেলের গায়ে লাগবে। বাবাগুলোরও মরণ হয়না। এই বাঘ, ভাল্লুক, হায়নার জগতে, ভগবানের নামে ছেলেকে ছেড়ে দিয়ে, দিব্যি ঘুরে বেড়াচ্ছে।

অভ্র বিদেশ চলে যাবে। তার পাসপোর্ট ভিসা তৈরী হতে সময় লাগবে। তাই তার আগেই নীল চলে যাবে। সমস্যা হচ্ছে নীল চলে গেলে অভ্র থাকবে কিভাবে? ওরা তো মানিক জোড়। কেউ কাউকে ছেড়ে এক মুহূর্ত থাকে না। গীতাদি সাধ্যমতো, নিজের মতো করে দু'জনকে বুঝিয়ে যাচ্ছে আর ভগবানকে ডাকছে। ভগবান ওদের শক্তি দাও। ওরা নিজেদের সামলে নিতে পারে। বাবা-মায়ের কাছ থেকে বিচ্ছেদ মেনে নিয়েছে। এবার বন্ধু-বিচ্ছেদ কাটিয়ে ওঠার শক্তি দাও।

নীল ভীষণ রোগা, হাড় বের করা শরীর। মাছ, মাংস, ডিম, দুধ সবজি পাতি কিছুই সে খায়না। ফলটা মোটামুটি ভালোবাসে। তবে আপেল আর কলা তার খুব প্রিয়। নীল আর পাঁচটা বাচ্চার চেয়ে একটু অন্যরকমের বাচ্চা। রাগী, জেদি, আর ভীষণ অভিমানী।

একবার কোন দম্পতি নীলকে নেবে বলে এসেছিলো। এত রোগা হাড় জিরজিরে দেখে বলেছিলো -"এতো অসুস্থ বাচ্চা, মানুষ করবো কিভাবে? আমরা নেবো না এই বাচ্চা।"

ছোট হলে কি হবে, এই কথার অর্থ সে বোঝে। তক্ষুনি সে ছোট ছোট পায়ে গুটি গুটি চলে এসেছিলো। এর পর থেকে বাইরের কোনো লোক এলে অফিস ঘরে সে ঢুকতো না।

এই ঘটনার কিছুদিন পর নীলের জন্যই আবার এক দম্পতি এলো। বন্দনাদির মনে ভয়। বার বার নীলকে আসতে বলা সত্ত্বেও নীল আসছে না। না আসার কারণও বলা যাচ্ছে না। মৌসুমী, ফাজনা অনেক চেষ্টা করেও নীলকে পাঠাতে পারছে না।

হঠাৎ ভদ্রমহিলা উঠে বললো -"আমাকে বলুন, কোথায় আছে। আমি গিয়ে দেখে আসছি।"

মৌসুমী ভদ্রমহিলাকে নিয়ে এসে দূর থেকে দেখালো -"ওই যে গাড়ি নিয়ে খেলা করছে।"

ভদ্রমহিলা নীলকে গাড়ি থেকে কোলে তুলে নিয়ে অফিস ঘরে এলো। কোল থেকে নামিয়ে এক কেজি একটা আঙুরের প্যাকেট নীলের হাতে দিয়ে বললো -"আঙ্গুর গুলো দিদিকে দাও, ধুয়ে দেবে। বন্ধুদের সবাইকে দিয়ে একসাথে খাবে কেমন।"

ভদ্রমহিলা বন্দনাদিকে বাচ্চা নেবার অফিসিয়াল পদ্ধতি শুরু করে দিতে বললো। সেদিন তারা বেশিক্ষণ থাকলো না। যাবার সময় বলে গেলো -"আমরা ক'দিন পরে আরেকবার আসবো। আজ ভালো করে কথা হলো না।"

বন্দনাদি সম্মতি জানালো।

ক'দিন বাদে সেই দম্পত্তি আবার এলো। সেদিন বাচ্চাদের জন্য কেক, বিস্কুট, চকলেট নিয়ে এসেছিলো। খানিকবাদে নীল এলো অভ্রর হাত ধরে। বন্দনাদি, দুই বন্ধুর গল্প শোনালো দম্পতিদের।

ভদ্রমহিলা চিন্তিত হয়ে বললেন -"নীল চলে গেলে অভ্র থাকবে কিভাবে?"

বন্দনাদি বললেন -"আমরাও এই ব্যাপারটা নিয়ে ভীষণ চিন্তা করছি।"

ভদ্রমহিলা বন্দনাদিকে জিজ্ঞাসা করলো -"এই যে বাচ্চারা এতদিন থেকে চলে যায়, আপনাদের মনখারাপ হয়না ?"

বন্দনাদি বললো -"হ্যাঁ, সে তো হয়। তবে ভালো বাবা, মা, ভালো বাড়িতে গেলে খুব আনন্দ হয়।"

সেদিন ভদ্রমহিলা যেমন নীলকে আদর করলো, অভ্রকেও কোলে নিয়ে আদর করলো, গায়ে মাথায় হাত বুলিয়ে দিলো। বন্দনাদি খেয়াল করলো,

অভ্র যখন মায়ের কোলে বসে আদর খাচ্ছে, নীলের মুখটা কেমন ফ্যাকাসে গম্ভীর হয়ে গেলো। কি জানি, হয়তো মা হাত ছাড়া হবার ভয় পেয়েছে।

দুই বন্ধু বড় হয়ে কে কোথায় চলে যাবে তার ঠিক নেই। জীবনের শুরুটা কি তাদের মনে থাকবে? মনে থাকা ভালো, না মনে না থাকা ভালো ,সময়ের সাথে সাথে তা স্পষ্ট হবে।

সেদিন বন্দনাদি বললো -"ছেলেকে বাড়িতে রামায়ণ-মহাভারতের গল্প শোনাবেন। শ্রীকৃষ্ণের জীবনী শোনাবেন। সম্ভব হলে ভিডিও গুলো দেখাবেন। মহাকাব্যের চরিত্র, কৃষ্ণের জীবনীর মধ্যেই এরা নিজের জীবনের প্রতিচ্ছবি দেখতে পাবে। নিজের মনের সাথে লড়াই করে ভগবানের হাত ধরে বড় হয়ে উঠবে। ভগবানের আশীর্বাদ ওদের মাথার ওপর আছে। আপনি সঠিক পথ দেখালে, ও আলোর সন্ধান নিশ্চয় পাবে।"

নীলকে নিতে আসার দিন ঠিক হয়ে গেলো। ২৫ শে বৈশাখ রবি ঠাকুরের জন্মদিনে নীল নিজের বাড়ি যাবে। নীলের মা ঠাকুরের কাছে, বাড়ির সব চৌকাঠে, বাড়িতে ঢোকার মুখে আল্পনা দিয়ে রেখেছে। ছেলে আসবে বাড়িতে।

নীলের বাবা মা ছেলের জন্য নতুন জামা-কাপড় নিয়ে আসেনি। অন্য বাচ্চাদের সামনে নিজের বাচ্চাকে নতুন জামা, প্যান্ট জুতো পরাতে খারাপ লাগবে । অন্য বাচ্চারা, বিশেষ করে অভ্র মনে কষ্ট হতে পারে। সেদিনও তারা বাচ্চাদের জন্য প্রচুর ফল, চকলেট, বিস্কুট, বেলুন নিয়ে গিয়েছিলো।

কোর্টের কাজ, সই সাবুদ সেরে আশ্রমে ঢুকতে বিকেল হয়ে গেলো। সব বাচ্চাদের আলাদা আলাদা করে আদর করলো নীলের বাবা মা দুজনেই।

নীলের মা অভ্রকে জড়িয়ে ধরে আদর করে বললো -"অভ্রতো আমার লক্ষ্মী সোনা। আর ক'দিন পরেই অভ্রর বাবা-মা আসবে, তাই না অভ্র?"

অভ্র একগাল হেসে বললো -"হ্যাঁ " .

"বাবা, মা এসে অভ্র সোনাকে বাড়ি নিয়ে যাবে। বাড়ি গিয়ে কত আনন্দ করবে আমার অভ্র।"

"এখন আমাদের টা টা করে দাও, আমরা বাড়ি যাই।"

অভ্র দু'হাত নেড়ে হাসিমুখে টা টা করলো।

নীলও অভ্রকে টা টা করে বাবা মায়ের হাত ধরে সিঁড়ি দিয়ে নিচে নেমে এলো। নিচে নেমে এসে একবার ওপরের দিকে তাকালো। দেখলো অভ্র জানালা দিয়ে হাত বাড়িয়ে তাকে টা টা করে চলেছে।

নীলও অভ্রর দিকে তাকিয়ে তাকে হাত নাড়াতে নাড়াতে মা-বাবার সঙ্গে এগিয়ে চললো নতুন জীবন পাবার আশায়।

২. পাতুবালা

১৯৭১ সাল, বাংলাদেশের মুক্তিযুদ্ধ চলছে। ভারত সরকার সর্বতোভাবে মুক্তিযোদ্ধাদের দিকে সাহায্যের হাত বাড়িয়ে দিয়েছে। ঘন কালো অন্ধকারের বুক চিরে গভীর রাতে তীব্র গতিতে ছুটে চলেছে মিলিটারি ট্রাক। নাদিয়া, মুর্শিদাবাদের পূর্ব পাকিস্তানের সীমান্তবর্তী এলাকায় ভারতীয় জওয়ানরা টহল দিচ্ছে। মুক্তিযোদ্ধাদের প্রয়োজনীয় জিনিসপত্র বর্ডার এলাকা দিয়েই পাঠিয়ে দেওয়া হচ্ছে।

দেশ স্বাধীন হওয়ার সময় নাদিয়া-মুর্শিদাবাদের বর্ডার এলাকার বেশ কিছু জায়গা পূর্ব পাকিস্তানের মধ্যেই পড়েছিল। পরে তারা স্বাধীন ভারতবর্ষের অন্তর্ভুক্ত হয়। একারণে ১৫ই আগস্ট তাদের স্বাধীনতা দিবস নয়। এই বর্ডার এলাকার ভারতভুক্ত জায়গাগুলির কারোর স্বাধীনতা দিবস ১৭ই আগস্ট, কারো ১৮, কারোর বা ১৯ শে আগস্ট ।

নদিয়ার বর্ডার ধরে যেতে যেতে মিলিটারি ট্রাকে বসে প্রাণতোষ ভাবছে - তার বাড়ির সবাই এখন নিশ্চয় ঘুমাচ্ছে। ট্রাকটা ডান দিকের রাস্তা ধরে

গেলেই তো তার বাড়ি। এক কিলোমিটার ও হবে না বোধহয়। বাড়িতে মা আছে, দাদা-বৌদী - তাদের ছেলেমেয়েরা আছে। আর তার প্রিয় জায়া আছে বাপের বাড়িতে। আর কিছুদিন পরেই তারা দুই থেকে তিন জন হবে। এতদিনে নতুন মানুষ চলে এসেছে কিনা সে জানে না। খুব ইচ্ছে করছিলো একবার গিয়ে খবর টা জেনে আসবে।

কিন্তু সম্ভব নয়। বুকের ভেতরটা মোচড় দিয়ে উঠলো। কতদিন হয়ে গেলো বাড়ির লোকের সাথে যোগাযোগ নেই। সব মুখগুলো তার চোখের সামনে ভেসে উঠলো। অলকার মুখ ভেসে উঠতেই তার চোখের পাতা জলে ভরে গেলো। দেশে যুদ্ধ লেগেছে। না জানি কত দুশ্চিন্তায় অলকা তার পথ চেয়ে বসে আছে। বাড়ির পাশ দিয়েই যাচ্ছে অথচ ঢোকার অধিকার নেই।

পাতুবালার কাছে খবর এলো নাতনী হয়েছে। নাতনী হওয়ার আনন্দে পাতুবালা ছুটলো সুধীর ঘোষের মিষ্টির দোকানে। পাড়ার সবাইকে মিষ্টি খাওয়াবে। তার একমাত্র মেয়ে শান্তি একবছর হলো ভগবানের কাছে গেছে। যাবার আগে দুগাছা সোনার চুড়ি, লাল রঙের চেলি, বিয়েতে দানের ঘড়া, কাঁসার বগি থালা, গ্লাস, বাটি সব রেখে গেছে। আর বলে গেছে -

"মা এসব ভাইয়ের মেয়েকে দেবে। অন্নপ্রাশনের সময় লাল চেলিটা পরিয়ে দেবে। সোনার বালা দুটো একটু বড় হলে ওপরের হাতে তুলে পরিয়ে দিয়ো। নাম রেখো সুকুমারী। সুকুমারী বড় হলে, ওকে জানিয়ে দিয়ো - এসব কিছু তোর পিসি তোকে দিয়ে গেছে।"

কি করে যে শান্তি জেনেছিলো পাতুবালার ঘরে নাতনীই আসছে তা ভগবানই জানেন। পাতুবালার মনে হয়, শান্তি নিজেই নাতনী হয়ে এসেছে মায়ের দুঃখ ভোলাতে।

নাতনী হওয়ার আনন্দে নিজের পাড়ার সব ঘরে ঘরে পাতুবালা মিষ্টি বিতরণ করলো। পরদিন ছুটলো জামালপুরে, নাতনীর মুখ দেখবে বলে। নতুন জামা পরিয়ে নিজের একগাছি সোনার হার পরিয়ে নাতনীর মুখ দেখলো। তার সাদা শাড়ির রংয়ের সাথে, নাতনীর গায়ের রঙ এক হয়ে গেছে। ছেলের শ্বশুরবাড়ির পাড়ার সবাইকে পাতুবালা খুশি হয়ে, মিষ্টি মুখ করলো।

নাতনীকে কোলে নিয়ে আনন্দে আর চোখের জল ধরে রাখতে পারলো না পাতুবালা। শুধু তার মেয়ে ফেরার আনন্দে নয়, প্রাণতোষের জন্যও তার

মনটা ছটপট করছে। দেশে যুদ্ধ বেঁধেছে। ছেলেটার কোনো খোঁজ খবর নেই। কোথায় যে আছে কে জানে।

পাতুবালা বড় কষ্ট করে মানুষ করেছে দুই ছেলেকে। অনেক ছোট বেলায় বিয়ে হয়েছে পাতুবালার। ভীষণ সুন্দরী ছিল সে । ধপধপে ফর্সা গায়ের রং, টিকালো নাক, টানা চোখ, মাথা ভর্তি ঘন কালো চুল। বর মুরলীধরেরও চেহারা ভীষণ সুন্দর। সাহেবদের মতো ফর্সা, সুঠাম শারীরিক গঠন।

পাতুবালা যখন এই সংসারে এলো, তখন তাদের ছিল দুই ভাইয়ের সংসার। শ্রীধর আর মুরলীধর।

শ্রীধর বিয়ে করে সংসারী হয়েছিল ঠিকই, তবে সংসারে মনোযোগ ছিল না। সব দায়-দায়িত্ব ভাইয়ের কাঁধে ঝেড়ে ফেলে দিয়ে নিজে নিশ্চিন্ত হয়ে ঘুরে বেড়াতো। ভাই অবশ্য দাদার ওপর কোনোদিন বিরক্ত হয়নি। হাসিমুখে সবকিছু সামলে এসেছে।

পাতুবালা ছিল মুরলীধারের যোগ্য সঙ্গিনী, তাই সংসারের সমস্ত ঝামেলা মানিয়ে-গুছিয়ে নিয়ে হাসিমুখে সংসারের হাল বয়ে বেড়াতো। সুন্দরী পাতুবালা তার মন জুড়ে বিরাজ করতো। পাতুবালা সাথে থাকলে সংসারের সব বোঝা একাই টেনে দিতে পারবে।

কিন্তু ভগবানের হিসেবে, নিকেশ, এ কি আর সাধারণ মানুষ বুঝতে পারে? পাতুবালার সংসারে চার ছেলেমেয়ে। ভাসুরের এক মেয়ে তার বিয়ে হয়ে গেছে। নিজের ও এক মেয়ে, তারও বিয়ে হয়ে গেছে। আর দুই ছেলে। তারা ছোট ছোট। মেয়েদের সাথে ছেলেদের বয়সের ফারাক অনেকখানি। ছোট ছেলে যখন এক বছরের, তখন মুরলীধর হঠাৎ ভরা সংসার রেখে চলে গেলো। শ্রীধর তো সংসার সম্পর্কে কিছুই জানে না। তাছাড়া সেও কঠিন ব্যামোতে ভুগছে।

মুরলীধর চলে যাবার পরেই সংসারে দেখা দিলো চরম অভাব, অনটন। নয় কাঠা জায়গার ওপর গরু বাছুর নিয়ে তাদের বাড়ি ছিল মস্ত বড়ো। শ্রীধর সংসার চালানোর আর কোনো উপায় না ভেবে পেয়ে বাড়ির কিছুটা অংশ বাধা রাখতে চাইলো।

তাদের পাড়াতেই বাস করতো গন্ধেশ্বরীরা। সুদখোর, মস্ত বড় ধাপ্পাবাজ ব্যবসায়ী। তাদের কাছে শ্রীধর গেলো বাড়ির সামান্য একটা অংশ বাধা রাখতে।

সুযোগ বুঝে গন্ধেশ্বরীরা সাদা কাগজে টিপ্ ছাপ করিয়ে সাদাসিধে শ্রীধরের হাতে কিছু টাকা তুলে দিলো। শ্রীধর টের ও পেলো না, তাদের দুই ভাইয়ের মস্তবড় বসতবাড়ি হাতছাড়া হয়ে গেলো।

ঠিক একবছর বাদে গন্ধেশ্বরীর বাড়ির একজন এসে জানায় – "কর্তামশাই তোমাদের বাড়ি ছেড়ে অন্যত্র চলে যেতে বলেছেন। তোমরা টাকা ধার নিয়ে শোধ দিতে পারোনি। আর কোনোদিনই পারবে না। তাই এই বাড়ি কর্তামশাইকে ছেড়ে দিতে হবে। কর্তামশাইয়ের নামে কাগজপত্র হয়ে গেছে।"

শ্রীধর তো আকাশ থেকে পড়ল। লোকটা বলে কি ! তার চৌদ্দ পুরুষের ভিটা রাতারাতি গন্ধেশ্বরীদের হয়ে গেলো ! তাছাড়া সে তো বাড়ির সামান্য একটা অংশ বাঁধা রেখেছিলো। পুরো বাড়ি কি করে চলে গেলো !

শ্রীধরের মতো সাদাসিধে, ভোলাভালা মানুষের মাথায় এই জটিল প্যাঁচ কিছুতেই খুলবে না। খবর গেলো মুরলীধরের মেয়ে জামাইয়ের কাছে। বিষয় সম্পত্তির ব্যাপারে জামাই হরিমোহনের মাথা খুব পাকা। খবর পেয়েই ছুটলো কুমারপুর।

হরিমোহন গিয়ে বুঝলো, খুব সহজে গন্ধেশ্বরীদের হাত থেকে বিষয় সম্পত্তি উদ্ধার করতে পারবে না। নাবালকদের এই বিষয় সম্পত্তি উদ্ধার করতে গেলে তাকে কেস কাছারীর আশ্রয় নিতে হবে।

হরিমোহন সবকিছু বুঝে গরু, বাছুর বিক্রি করে দিলো। শাশুড়ি, দুই শালা, জ্যাঠা শ্বশুরমশাইকে নিয়ে জামালপুরে ফিরে এলো।

দুই ছেলে নিয়ে মেয়ে জামাইয়ের বাড়িতে পাতুবালার নতুন জীবন শুরু হলো। বিষয় সম্পত্তি হারিয়ে, জীবনের সব দুঃখ বুকে চেপে রেখে এক কঠিন অধ্যায়ের সূচনা হলো।

জামাই হিসেবে হরিমোহন ঘোষ খারাপ মানুষ নন। তবে সামান্য দোষ করলেই তার ছেলেদেরকে বড় নিষ্ঠূরভাবে মারধর করতো । পাতুবালার বুকটা ফেটে যায়, তবে কিছু বলতে পারে না। মুরলীধর কোনোদিন ছেলে-মেয়েদের গায়ে হাত তুলতো না। দোষ করলে বকে শাসন করতো। আর এখানে এসে থেকে তারা মার খেয়ে মরছে। ছোটো পানুও রেহাই পায় না।

মেয়ে জামাইয়ের সন্তান ছিল না। দুই ভাই শান্তির কাছে সন্তানসম ছিল। দুই ভাইকে কাছে পেয়ে সন্তানের দুঃখ ভুলে গেছে সে । শান্তির কাছে

আদর, আবদারের অভাব ছিল না। জামাইয়ের সব অত্যাচার, মেয়ে আদর ভালোবাসায় ভুলিয়ে দিতো।

বড় ভাই খুব একটা শান্তির বশে ছিল না। ছোট ভাইকে কোলে পিঠে করে নিজের মনের মতো করে মানুষ করেছে। নিজের জীবনের সব শখ, আহ্লাদ ভাইয়ের মধ্যে দিয়ে পূর্ণ করতে চাইতো। ভাইকে লেখাপড়া করিয়ে চাকরি করানোরও ইচ্ছে ছিল। তাই ভাইয়ের লেখাপড়ার দিকে তার বিশেষ নজর ছিল।

দেখতে দেখতে ছোটভাই ম্যাট্রিক পাশ করে গেলো। এত বড় হয়ে গেলেও জামাইবাবু এখনো কারণে, অকারণে গায়ে হাত তোলে, অভিমান হলেও কিছু বলার অধিকার নেই। মা আর দিদির দিকে তাকিয়ে সব হজম করে নিতো।

একদিন রাস্তায় খুব সামান্য কারনেই হরিমোহন পানুকে সবার সামনে বেধড়ক মারধর করলো। আচমকা মারের আঘাতে পানু অজ্ঞান হয়ে গেলো। জ্ঞান ফিরলে সে আর ঘরে ফিরলো না।

দুদিন ধরে ছেলের খোঁজ নেই। কোথায় গেছে কেও জানে না, প্রাণে বেঁচে আছে তো, সে কথাও কেও বলতে পারে না। মা-মেয়ে মিলে কোথায় যাবে খোঁজ করতে? জামাইয়ের মুখ দেখে বোঝার উপায় নেই, সে কোনো খোঁজ খবর নিয়েছে কিনা। মনে কোনো কষ্ট বা ভয় আছে কিনা তাও বোঝা যায় না। এদিকে আতঙ্কে মা, আর দিদি অন্নজল প্রায় ত্যাগ-ই করেছে।

পাঁচদিন পর খবর এলো প্রাণতোষ মিলিটারীতে লাইন দিয়েছে। মনে হয় হয়েও গেছে।

ম্যাট্রিক পাশ করার পর থেকেই প্রাণতোষ চাকরির খোঁজ করছিলো। এই কোয়ালিফিকেশনে যা পাওয়া যাবে। বাড়িতে জামাইবাবুর অত্যাচার আর সহ্য হচ্ছিলো না।

সেদিন জ্ঞান ফেরার পর পানু স্থির করে আর বাড়ি ফিরবে না। মিলিটারীতে লোক নিচ্ছে আগেই খ্বর পেয়েছিলো তাই সোজা সেখানে হাজির হলো। পেটে কোনো দানাপানি নেই। খালি পেটেই মাঠ কমপ্লিট করলো। আরো সব পরীক্ষা নিরীক্ষা দিয়ে মিলিটারীর চাকরিটা হয়েই গেলো।

তখনকার দিনের মিলিটারী চাকরির ট্রেনিং পিরিয়ড ভীষণ কষ্টের ছিল। বিশেষ করে খাওয়া দাওয়ার খুব কষ্ট ছিল। খেতে বসে পানুর চোখের জল

আর বাধা মানে না। ঠান্ডা আতপচালের দলা, দলা ভাত। তার ওপর বেসনের টক ডাল দিয়ে গেলো। পানু কেবল ভাত নাড়াচাড়া করে, আর তার চোখ দিয়ে জল গড়িয়ে পড়ে। মুখে আর ঢোকে না। মা আর দিদির কথা মনে পড়লে, বুকের ভেতরটা মোচড় দিয়ে ওঠে।

কিছুদিন পর দিদির কাছে চিঠি এলো। সদ্যই মিলিটারীতে জয়েন করেছে। এখন ছুটি পাবে না। ছ'মাস গেলে, ক'টা দিনের জন্য ছুটি পাবে। সেই ছুটিতে বাড়ি যাবে।

চিঠি পেয়ে দিদি আর আনন্দ ধরে রাখতে পারে না। পাড়ার সবাইকে সুখবরটা দিয়ে এলো। এখন থেকেই ঘর-দোর ঝাড়া, মোছা, পরিষ্কারের কাজ শুরু হয়ে গেলো। কতদিন পর তার ভাই বাড়ি আসবে! বাড়িতে একটা উৎসব শুরু হয়ে গেছে।

যথা সময়ে নির্দিষ্ট দিনে পানু বাড়িতে এলো। মা তার সমস্ত খুশি, আনন্দ বুকের মধ্যে চেপে রাখলো। বেশি সুখ, আনন্দ তার জীবনে সহ্য হয়না।তাই চোখের জল দিয়ে তার জীবনের খুশি নিজের বুকের মধ্যে বেঁধে রাখে।

দিদির তো কথা বলার তীব্রতা কয়েক ডেসিবেল বেড়ে গেছে। হ পায়ের ব্যস্ততাও বৃদ্ধি পেয়েছে। ভাইকে কি খাওয়াবে, কোন চাদরে বসাবে তাই নিয়ে তার দুশ্চিন্তার শেষ নেই।

অনেকদিন পর বাড়ি ফিরে, ভাইয়ের মনেও জমে থাকা রাগ-অভিমান লাঘব হলো।

জামাইবাবুও স্বাভাবিকভাবে জিজ্ঞেস করলো- "কি রে কেমন আছিস? ওরা কি খুব খাটায় ?" ব্যাস এখানেই শেষ।

তারপরেই মনের মোক্ষম প্রশ্নটা ছুঁড়ে দিলো - "মাইনেপত্র কেমন দেয়? টাকাপয়সা একদম খরচা করবে না। যা পাবে, প্রতিমাসে আমার হাতে পাঠিয়ে দেবে। আমি তোমাকে হাত খরচা দিয়ে দেব। হাতে পায়সা থাকলেই তো ফালতু খরচা করবে। একটা জমি দেখে রেখেছি, কিনবো ভাবছি। ওখানেই তোমাদের নতুন বাড়ি হবে। পুরোনো বাড়িতে আমি থাকবো।

পানুর গলার আওয়াজ পাওয়া গেলো না। সব কথার উত্তরই ঘাড় নেড়ে জানালো।

হরিমোহন আরো জানালো - "দাদার বিয়ে দিয়ে সংসার পেতে দিয়েছি। আপন ব্যবসা বাণিজ্য করে নিজের টা বুঝে নিয়েছে। এখনতো আমাকেও আর কথা বলে না। থাকগে, নিজেরটা বুঝে-সুঝে নিয়ে ভালো করে চলুক, তাহলেই হবে। আমাকে দিতে লাগবে না।"

"এবার তোমার বিয়েটা দেব। দেখতে বাবার মতো রাজপুত্র হয়েছো, তার ওপর চাকরি পেয়েছো। শুধু কি মেয়ে ? মেয়ের মায়েরাও এ বাড়ি ছাড়ছে না। রাত নেই, দিন নেই, শুধু পানুর খোঁজ। মনে হচ্ছে পানুকে মানুষ করে এখানে রেখে গেছে। আমি বেঁচে থাকতে ওসব হতে দেব না। আমি বড় করেছি, মানুষ করেছি, আমার পছন্দমতো মেয়ের সাথে তোমার বিয়ে দেব। মেয়ে আমার ঠিক করাই আছে। আমার বড় ভাগ্নের বড় মেয়ে সর্বজয়া। ওর সাথেই আমি তোমার বিয়ে দেব। এই কথা তোমাকে বলে রাখলাম। আমার এই কথা কোনোভাবে নড়চড় হবে না। তোমাদের মানুষ করেছি। কিসে ভালো হবে, কি'সে মন্দ হবে, সেটা তো আমাকেই দেখে দিতে হবে, তাই না?"

সবেতেই পানু ঘাড় নেড়ে উত্তর দিলো। সে জানে তার ইচ্ছার কোনো মূল্য জামাইবাবু দেবে না। জামাইবাবুর কথা মেনে নেওয়া ছাড়া উপায়ও নেই। সেই একবছর বয়সে বাবা চলে গেছে। বাবার কথা মনেই পড়ে না। বিষয় সম্পত্তি সব হারিয়েছে। সেই তখন থেকেই জামাইবাবু তাদের দেখভাল করে। ভালো, মন্দ, যাই হোক, একটা আশ্রয় তো পেয়েছে ! না হলে কোথায় ভেসে যেত কে জানে ?

তাই পানু সর্বদা জামাইবাবুর কথাকে মান্যতা দিয়ে চলে।

জামাইবাবুর কথামতো প্রতি মাসের মাইনে পানু পাঠিয়ে দেয়। জামাইবাবু, তা থেকে তাকে হাতখরচ পাঠায়। হরিমোহন ঘোষ তার প্ল্যান অনুযায়ী হরিদাসী ঘোষের কাছ্ থেকে ছয় কাঠা জায়গা কেনে। একদিকে ঘর বাড়ি, অন্যদিকে মস্তবড় গোয়াল ঘর বানায়। গরু, মোষ কেনে। তাদের দেখভালের জন্য রাখাল রাখে বাড়িতে।

হরিমোহনের বয়স হয়েছে। জমিজমা ভালো দেখভাল করতে পারে না। তাই বাড়িতে একজন কিষান নিয়ে এসে রাখে। নিজের বৌ, শ্বাশুরীমা সকলেরই বয়স হয়েছে। চাষী সংসারের কাজ তারা আর পেরে উঠছে না। তাই ক্ষমতাসম্পন্ন এক দক্ষ কাজের বৌ এনে রাখা হলো। খাওয়া, পড়া, মাস- মাইনে সবই দিতে হবে। এ বাড়িতে সে থাকবে। বিধবা মানুষ, কোনো ছেলে-পুলে তার নেই। তাই কোনো পিছুটানও নেই।

মোটামুটি সকলেরই কাজের চাপ লাঘবের চেষ্টা হলো। এবার পানুর বিয়ের আয়োজন করতে হবে।

এরই মধ্যে হঠাৎ একদিন হরিদাসী বলে বসলো - সে তার জায়গা বিক্রি করেনি। জায়গার ওপর ভাড়া বসিয়েছে।

একথা শুনে হরিমোহন তো আকাশ থেকে পড়ল !

হরিদাসী ঘোষ, বাল্যবিধবা। বাবার বাড়িতে থাকে। শ্বশুরবাড়ির বিষয়-সম্পত্তি পেয়েছিলো, আর তার ঠাকুমা কিছু জমিজমা তার নামে লিখে দিয়েছিলো। অতন্ত্য বুদ্ধিমতী, ধুরন্ধর মহিলা। যেমন গলার হাঁকডাক, তেমন গায়ের জোরও আছে। পাড়ার কেও হরিদাসীর সাথে, হাতে বা মুখে লড়তে যায়না।

হরিমোহন দশ ডাকলো। সবার সামনে বলল -"সে বাড়ি বিক্রির সাক্ষী রেখে গুনে গুনে হরিদাসীর হাতে টাকা তুলে দিয়েছে। এখন সে অস্বীকার করছে ! কত বড় সাহস ! "

সাক্ষীও উপস্থিত থেকে জানালো -"তার সামনেই হরিমোহন, বাড়ি বিক্রির টাকা গুনে গুনে হরিদাসীকে দিয়েছে। এ কথা সত্য।"

হরিদাসী ঝাঁঝিয়ে উঠলো - "কি বললে আমি বাড়ি বিক্রি করেছি ? প্রমান দেখতে পারো ? বাড়ি বিক্রির রেজিস্ট্রি কাগজ কোথায় ? রেজিস্ট্রি কাগজ দেখতে পারলে আমি মেনে নেবো এ বাড়ি আমি বিক্রি করেছি। "

হরিমোহন পড়লো মহাসমস্যায়। বাড়ি কেনার সময়েই পানু তাকে বাড়ি রেজিস্ট্রির টাকা পাঠিয়ে দিয়েছিলো। সে করাইনি। ভেবেছিলো ক' দিন বাদে করবে। সেই গাফিলতির মাসুল এবার গুনতে হচ্ছে।

হরিদাসীকে সবাই বোঝালো - দ্যাখ তোর ফাঁকা জায়গা ছিল, বন-জঙ্গলে ভর্তি। সেই জায়গা পানু পায়সা দিয়ে তোর কাছ থেকে কিনেছে। বাড়ী ঘর বানিয়েছে। গরু, বাছুর, রাখাল-কিষান নিয়ে ভরপুর সংসার। দিদি, জামাইবাবু, মা' কে নিয়ে একটু শান্তিতে যেই বসেছে, অমনি তুই অশান্তি নিয়ে এলি সংসারে। মানছি, হরিমোহনের ভুল হয়েছে। তোকে দিয়ে রেজিস্ট্রি করায়নি। সেই সুযোগ নিয়ে তুই এতখানি অন্যায় করবি ওদের সাথে? ওরা তো তোর আত্মীয়ও হয়। তোর এই অধর্ম সহ্য হবে তো?

আর ধর্ম, অধর্ম, হরিদাসী এখন আইনের ফাঁক খুঁজে পেয়েছে, আর ছাড়ে? তার ফাঁকা জায়গা বাড়ি উঠেছে। আইনত সেই বাড়িও তার হয়ে গেছে। এমন সুযোগ আর কেও হাতছাড়া করে?

অনেক বোঝানো, ধর্মের ভয় দেখানো, কোনো কিছুতেই যখন কাজ হলো না, পানু তখন আবার ঐ কুড়ি হাজার টাকা দিয়ে, একই জায়গা দ্বিতীয়বার কিনলো। অর্থাৎ জায়গায় দাম পড়লো চল্লিশ হাজার টাকা। এবার পানু দাঁড়িয়ে থেকে নিজেই রেজিস্ট্রি করে নিলো।

বাড়ি রেজিস্ট্রি হলো দুই বউয়ের নামে। দাদা অনেক আগেই নিজের সংসার নিয়ে আলাদা হয়ে গেছে। মায়ের, দিদির সাথে যোগাযোগই রাখে না। কিন্তু নিজের টাকায় কেনা হলেও মা বেঁচে থাকতে, মায়ের চোখের সামনে দাদাকে ভাগ না দিয়ে পারলো না। মা খুব কষ্ট করে তাদের দুই ভাইকে মানুষ করেছে। দাদাকে বাড়ির ভাগ দিয়ে বোঝাতে চাইলো -" মা তুমি মনে মনে কষ্ট পেয়ো না। আমরা দুই ভাই আলাদা জায়গায় থাকলেও আসলে একই আছি। দাদা ইচ্ছে করলে আবার এই বাড়িতে আস্তে পারে।"

তবে ছোট ছেলের এই কান্ডজ্ঞানহীন কাজ দেখে পাতুবালা খুশি হয়েছে কিনা সেটা বোঝা গেলো না। হাজার হোক মায়ের মন তো। সন্তান ছেড়ে গেলেও মা'কি ভুলতে পারে। কথায় আছে কুসন্তান যদিবা হয়, কুমাতা কদাপি নয়।

পানু বেশিদিন থাকতে পারলো না। অল্প কয়েকদিনের ছুটিতে এসেছিলো। ফিরে গেলো কাজের জায়গায়।

পানু চলে যাওয়ার পরেই হরিমোহনের ব্যস্ততা বেড়ে গেলো চারগুন। এবার পানুর বিয়ের বন্দোবস্ত করতে হবে। একাই করতে হবে। সে কাউকে

বিশ্বাস করে না, ভরসাও করে না। সে এবাড়ির কর্তা। সে যা বলবে, সকলকে তাই মেনে চলতে হবে।

পাত্রী তার ঠিক করাই আছে। কোনো দেনা-পাওনা লাগবে না। তার ভাগ্নের মেয়ে। ক্লাস সেভেনে পড়ে। বয়সে পানুর চেয়ে অনেক ছোট। তা হোক, মেয়েদের বড় হতে আর কতদিন সময় লাগে? তাড়াতাড়ি বড় হয়ে যাবে।

বিয়ের দিনক্ষণ ঠিক করে, পুরো যোগাড়-যন্ত্র করে পানুকে খবর পাঠালো। পানু বিয়ের জন্য কিছুদিনের ছুটি নিয়ে এলো। নির্দিষ্ট দিনে শুভবিবাহ সুসম্পন্ন হলো। পাত্রীর এবাড়ির সব লোকজন চেনা। তাই থাকতে কষ্ট নেই। বিশেষ করে দিদির তো নয়নের মনি হয়ে উঠলো সর্বজয়া।

পানু বিয়ে থা করে কাজের জায়গায় ফিরে গেলো। সর্বজয়াকে নিয়ে যেতে পারলো না। এখনও কোয়ার্টার ঠিক করে উঠতে পারেনি। তাছাড়া সর্বজয়ার পড়াশুনো বন্ধ হয়ে যাক সেটা পানু চায়না । সে স্কুলে যেরকম পড়াশোনা করছে করুক, কোন অসুবিধা নেই তো। সর্বজয়া পড়াশোনার জন্য বাপের বাড়িতে থাকে। স্কুল ছুটি পড়লে শশুরবাড়ি আসে। পানুও ছুটি পেলে বাড়িতে আসে। তখন বাড়ি বেশ ভরা ভরা লাগে। হৈ চৈ খাওয়া-দাওয়া, আনন্দে খুশিতেই কেটে যাই তাদের কয়েকটা দিন।

পাতুবালার জীবনে এতদিন পরে একটু খুশির হাওয়া বইতে শুরু করছে। কিন্তু ঐ যে বেশিদিন সহ্য হয়না। এবারেও তার ব্যতিক্রম ঘটলো না।

এবারে পানু চলে যাওয়ার পর থেকে শান্তির শরীর ভালো যাচ্ছে না। গ্রামের ডাক্তার দেখানো হলো। শক্তিগড় হসপিটালে গিয়ে ভালো বড় ডাক্তার দেখানো হলো। কবিরাজী করা হলো, কিছুতেই কোন কাজ হচ্ছে না। কি যে জ্বরে ধরলো তাকে, জ্বর আর তার ভালো হয় না। ভালো হয়ে যায়, আবার ফিরে আসে। জ্বরে জ্বরে তার শরীর দুর্বল হয়ে পড়লো। আস্তে আস্তে ওঠা চলার শক্তিটাও সে হারাচ্ছে।

একদিন মাকে ডেকে বললো - "মা, আমি আর ভালো হবো না। পানুর মেয়েকে আর আমার দেখা হবে না।"

মা মাথায় হাত বুলিয়ে আদর করে বললো - "পানুর মেয়ে তোকে গলা ধরে বলেছে - পিসিমণি আমি আসছি তোমার কাছে। "

শান্তি দুর্বল গলায় বললো - "হ্যাঁ বলেছে। এই দুটো বালা, দু'গাছা চুড়ি, বিয়ের দানের বাসনপত্র সব রেখে যাচ্ছি। বড় হলে ওকে দিয়ে বোলো, ওর পিসিমণি ওকে দিয়ে গেছে। আমি ওর জন্য লাল চেলি আনিয়েছি, ওটা অন্নপ্রাশনের দিন পারিয়ে দিও।"

পাতুবালার বুকের ভেতরটা ফেটে যাচ্ছে। মেয়ের সামনে কাঁদতেও পারছে না। সংসার তুলে নিয়ে, মেয়ের কাছেই তো এসেছিলো। সেই মেয়েই তাকে ছেড়ে চলে যাচ্ছে। মেয়েই তো তার সব। তার বুকের বল। পুজোর কটা দিন কোনোরকমে কাটলো। দশমীর দিন মা যখন কৈলাশে ফিরে যাচ্ছে, শান্তিও তখন মায়ের কোল খালি করে তার নিজের বাড়িতে ফিরে গেলো।

দুঃখ সইতে সইতে পাতুবালার বুকের ভেতরটা পাথর হয়ে গেছে। চোখের জল সব শুকিয়ে গেছে। এখন তার পানুর জন্য চিন্তা হচ্ছে। বাংলাদেশের মুক্তি যুদ্ধ শুরু হয়েছে। ছেলে তো এখন ফিরতে পারবে না। দিদির কথা কে তাকে জানাবে?

দিদির কথা দিদিই তাকে জানিয়ে গেছে। চলে যাবার দিনেই শান্তি পানুর কাছে গিয়েছিলো দেখা করতে। পানু সকাল বেলায় ঘুম থেকে উঠে দেখে দিদি হাসি মুখে তার কাছে এসেছে, এসে বললো -

"ভাই, তুমি কোন কষ্ট পেয়ো না। ভালো হয়ে থাকবে। আমি আসছি।"

এ ভগবানের এক অদ্‌ভুত লীলা। পৃথিবী ছেড়ে যাওয়ার আগে মানুষ, তার প্রিয় মানুষের সাথে দেখা করে যায়। পানু অনেক আগে শুনেছিলো এ কথা। এবার দিদির দেখা করতে আসার অর্থ নিজেই বুঝে গেলো।

তবে এখন পানুর চোখের জল ফেলার সময় নেই। বাংলাদেশের মুক্তিযুদ্ধে ভারতীয় জওয়ানরা বুক চিতিয়ে লড়াই করে যাচ্ছে। ঘুম, খাওয়া-দাওয়া ভুলে গেছে। প্রতিদিনই ম্যাপ, দিকনির্ণয় যন্ত্র নিয়ে বিভিন্ন জঙ্গলে, বালির বস্তার আড়াল থেকে যুদ্ধ চালাতে হচ্ছে। হঠাৎ একদিন দূর থেকে ছুটে আসা একটা গুলি পায়ের বুট ভেদ করে বুড়ো আঙুলে লাগলো। অসহ্য যন্ত্রনায় ছটপট করছে সে। যন্ত্রনায় অস্থির হয়ে কখন যে সে জ্ঞান হারিয়েছে নিজেও জানে না।

জ্ঞান ফিরলে সে দেখলো, কলকাতায় মিলিটারী হসপিটালে সে ভর্তি আছে। অপারেশন করে গুলি বের করা হয়ে গেছে। তবে বাঁ পা টা আগের চেয়ে কমজোরি হয়ে গেছে। গুলির আঘাতে তার পায়ের একটা শিরা শুকিয়ে যাচ্ছিলো। তাই পেটে একটা অপারেশন করে অন্য শিরা দিয়ে পা টাকে সচল করা হয়।

এদিকে পাতুবালা অস্থির হয়ে উঠেছে। আর কতো দুঃখ ভগবান তাকে দেবে? সে তো আর সহ্য করতে পারছে না। কতদিন পানুর কোনো খোঁজখবর নেই। কেমন আছে? কোথায় আছে কিছুই জানে না। বাড়িতে কত ঘটনা ঘটে গেলো ছেলেটা কিছুই জানলো না। এদিকে সর্বজয়ারও সময় এগিয়ে আসছে। মেয়েটাকেই বা কি খবর দেবে।

নানান চিন্তায় পাতুবালার মন যখন বিক্ষিপ্ত হয়ে উঠেছে, সেই সময় কোথা থেকে একজন দেবদূত তার কাছে সুখবর নিয়ে এলো। সে জানালো সে পাশের গ্রামে থাকে। পাতুবালা তাকে অবশ্য চেনে না। বললো -

“আমি মুক্তিযোদ্ধা। নাম রমেন। বাংলাদেশ স্বাধীন হয়েছে। যুদ্ধ থেমে গেছে। প্রাণতোষ আর আমি একই সাথে ছিলাম ”। প্রাণতোষের ঘটনা সব জানিয়ে বললো -

“কাকিমা আরকোনো চিন্তা নেই। মিলিটারী হসপিটালে আছে, সেবা যত্নের ত্রুটি হয়নি। মাদার টেরেজা হসপিটালে যান। তিনি তো সাক্ষাৎ দেবী। তাঁর আশীর্বাদী হাত সবার মাথায় ঠেকিয়ে দিয়ে আসেন। কিছুদিন বিশ্রাম নিক। আর ক'দিন পরেই বাড়ি ফিরে আসবে।”

পাতুবালার বুকের পাথরটা নামলো। রমেন আর ও জানালো, সাতদিন পরে সে আবার ফিরে যাবে। প্রাণতোষ বলে দিয়েছে, মায়ের ইচ্ছে থাকলে সে যেন মাকে নিয়ে আসে। ফেরার সময় মা'কে সাথে নিয়েই বাড়ি ফিরবে।

পাতুবালার মনে প্রবল ইচ্ছে, ছুটে গিয়ে একবার ছেলেকে দেখে আসে। কিন্তু তা হবার নয়। মেয়ের ফেলে রেখে যাওয়া সংসার কে সামলাবে? এর মধ্যেই আবার মা লক্ষ্মীর আগমন সংবাদ আসবে। তাই এখন আর কোথাও যাওয়া হবে না। ছেলে ভালোই ভালোই বাড়ি ফিরে আসুক। বাড়ি এলে আগে মা বুড়িমার পুজো দেবে।

শান্তির কথামতো ঠিক সময়ে মা লক্ষ্মী ঘরে এলো। পাতুবালা পাড়ার লোক, সর্বজয়ার বাপের বাড়ির পাড়ার সবাইকে মিষ্টিমুখ করালো। সব দ্বায়িত্ব-কর্তব্য শেষ করে, এবার ছেলে আসার অপেক্ষায় পথ চেয়ে বসে রইলো।

প্রাণতোষ সম্পূর্ণ সুস্থ হয়ে চাকরীতে রিজাইন দিয়ে বাড়ি ফিরে আসছে। সরকার অবশ্য তার অন্য কাজের ব্যবস্থা করবে, তবে সময় লাগবে।

জামালপুরের মাটিতে পা দিয়ে প্রাণতোষের মনে হলো - সে যা দেখে গিয়েছিলো সবই তো আছে। সেই বটতলা, বটতলার মাচায় আড্ডা, পাকুড় গাছে পাখির কিচির-মিচির, দাশু কাকার চায়ের দোকানে সেই পরিচিতদের ভিড়, মালকোঁচা বেঁধে, কাঁধে বাঁক নিয়ে, অশোক ঘোষ আজও ঘি, দই বিক্রি করতে বেরিয়েছে। সেই মাটির রাস্তা ধরে হাঁটতে হাঁটতে পানুর মনে হলো

সবই যখন আছে, তখন দিদি কেন নেই ? দিদি কেন "ভাই বাড়ি এসেছে, ভাই বাড়ি এসেছে", বলে রাস্তায় বেরিয়ে আসবে না ?

বাড়ির কাছে এসে পানু সত্যিই শুনতে পেলো, দিদি বলছে - "মা দ্যাখো ভাই এসেছে?" পাতুবালা দু'হাত বাড়িয়ে দৌড়ে গিয়ে ছেলেকে জড়িয়ে ধরলো। বুকের সকল তাপ নিমেষে উধাও হয়ে গেলো।

৩. জীবন যে রকম

অমলেশ দাদুর জীবনের শুরুটা খুব সুখের ছিল না। ছোটবেলাতেই তিনি বাবা-মাকে হারান। তখন থেকে জ্যেঠু জেঠীমাই তাঁকে কোলে পিঠে করে মানুষ করেছেন। তাই ঠিকভাবে বুঝতেও পারেননি, এই শূণ্যতার মানে কি ? বড় হয়ে মা -বাবার সান্নিধ্য পেতে চেয়েছেন। সেসময় জ্যেঠু-জেঠীমাই সেই সান্নিধ্য পূরণ করে দিয়েছেন।

জ্যেঠু ছিলেন বেশ কঠোর স্বভাবের মানুষ। কিন্তু জেঠীমা ছিলেন তাঁর বিপরীত।অমলেশ দাদুর সব আবদার তিনিই মেটাতেন।

অমলেশ দাদুর গায়ের রং ছিলো ফর্সা। উজ্জ্বল, বুদ্ধিদীপ্ত চোখ, মুখে সব সময় একটা হাসি। এমন চেহারা সকল মানুষকেই মুগ্ধ করে।

ছোট বেলা থেকেই স্কুলের রেজাল্ট ভীষণ ভালো। শিক্ষকেরা তাঁকে খুব পছন্দ করতেন। বয়স বাড়ার সঙ্গে সঙ্গে সব কিছুরই আরও শ্রীবৃদ্ধি হতে থাকে।

অমলেশ দাদু যখন একটু বড় হলেন, তখন নিজের চেহারা নিয়ে মনে মনে বেশ গর্ব করতেন। সবাই তাঁকে উত্তমকুমার বলে ডাকে কিনা! একথা সত্যি, তাঁর মুখের আদল, হাসির সঙ্গে উত্তমকুমারের কোথাও একটা মিল আছে। সবাই তাঁকে পছন্দ করতো, আর তিনিও জানতেন, কীভাবে নিজের গুণে সবাইকে মুগ্ধ রাখতে হয়।

এই ভাবেই ধীরে ধীরে বুদ্ধি, আত্মবিশ্বাস আর আকর্ষণ ক্ষমতার গুণে অমলেশ দাদুর এক অদ্‌ভুত চরিত্র গড়ে উঠলো। নিজের সৌন্দর্য আর বুদ্ধিকে কাজে লাগিয়েই তিনি মানুষের খুব কাছে চলে আসতে পারতেন। তিনি বুঝে গিয়েছিলেন, মানুষকে প্রভাবিত করার জন্য শুধু কথার জোর নয়, আচরণ, চেহারা আর আত্মবিশ্বাসেরও অনেক মূল্য আছে।

অমলেশ দাদুর চোখে এক অদ্‌ভূত মায়াবী আকর্ষণ ছিলো। এই কারণেই মেয়েরা তাঁর প্রতি সহজেই টান অনুভব করত। তিনি জানতেন কাকে কীভাবে কথা বলতে হয়, কখন হাসতে হয়, আর কখন চুপ করে থাকতে হয়–এই সব ছোট ছোট বিষয়গুলোকে কাজে লাগিয়েই তিনি বন্ধু মহলে জনপ্রিয়তার তুঙ্গে পৌঁছেছিলেন।

কলেজ থেকে শুরু করে চাকরিজীবন পর্যন্ত, অনেক মেয়েই অমলেশের জীবনে এসেছে। কেউ ছিল সহপাঠী, কেউ সহকর্মী, কেউবা দূরের আত্মীয়ের মাধ্যমে পরিচিত। প্রত্যেকেই ভেবেছিল, অমলেশই তাদের জীবনের প্রত্যাশিত পুরুষ । কিন্তু অমলেশ কখনও কাউকে প্রতিশ্রুতি দেননি, আবার কাউকে ঠিক দূরেও সরাননি।

তাঁর সঙ্গে মেয়েরা সময় কাটাতে ভালোবাসত, কারণ তিনি মিষ্টি করে কথা বলতেন, যত্ন নিতেন, আবার কখনও খুব জ্ঞানী মানুষের মতো উপদেশও দিতেন। কিন্তু সম্পর্ক যখন একটু গভীর হতে শুরু করত, তখনই অমলেশ ধীরে ধীরে দূরে সরে যেতেন।

বিয়ে নিয়ে তিনি কখনও তেমন আগ্রহ দেখাতেন না। তাঁর মনে হতো, বিয়ে করলে হয়তো স্বাধীনতা হারিয়ে ফেলবেন, নিজের মতো বাঁচার আনন্দ নষ্ট হয়ে যাবে। তাই তিনি সম্পর্কের আনন্দ উপভোগ করেছেন, কিন্তু কোনো মেয়ের হাত ধরেননি চিরকালের জন্য।

বাইরে থেকে তাঁকে দেখে সবাই ভাবত–অমলেশ দাদু নিশ্চয়ই খুব সুখী, খুব সফল মানুষ । কিন্তু ভিতরে ভিতরে তাঁর মধ্যে ছিল একধরনের শূন্যতা, যা হয়তো তিনি নিজেও বুঝতে পারেননি।

কলেজে পড়ার সময় অমলেশ দাদু ছিলেন সবার চোখে এক অনন্য ছাত্র। শিক্ষকরা তাঁকে খুব পছন্দ করতেন। কলেজের একজন প্রফেসর অমলেশ দাদুর প্রতি বিশেষ স্নেহ অনুভব করতেন। তিনি বুঝেছিলেন, এই ছেলেটির মধ্যে অসাধারণ প্রতিভা আছে–ঠিকভাবে সুযোগ পেলে জীবনে অনেক কিছু করতে পারবে।

একদিন প্রফেসর তাঁকে আলাদা করে ডেকে বললেন-,

"অমলেশ, তুমি খুব মেধাবী, তবে টাকা পয়সার অভাবে তুমি পড়াশোনা ছেড়ে দিওনা। আমি চাই, তুমি তোমার পড়াশোনা ঠিকমতো শেষ করো। আমি তোমার সব খরচের দায়িত্ব নেব।"

অমলেশ প্রথমে অবাক হয়ে যান। কিন্তু পরক্ষণেই বুঝতে পারেন, প্রফেসরের এই প্রস্তাবের পেছনে একটা শর্ত আছে। প্রফেসর নিজের

মেয়ের সঙ্গে তাঁর বিয়ে দিতে চান।অমলেশ জানতেন তাঁর মেয়ে ভদ্র, শিক্ষিতা, কিন্তু সুন্দরী নন।

অমলেশ একটু ভেবে নেন। প্রফেসরের সাহায্য পেলে তাঁর ভবিষ্যৎ অনেক সহজ হয়ে যাবে। তাই তিনি প্রস্তাবে সরাসরি না বলেননি, আবার হ্যাঁ-ও বলেননি। শুধু চুপচাপ সেই সাহায্য গ্রহণ করে নেন।

প্রফেসরের টাকায় তিনি পড়াশোনা শেষ করেন, ভালো রেজাল্ট করেন, আর তারপর বড় এক কোম্পানিতে জয়েন করেন ।

চাকরি পাওয়ার পর প্রফেসর আশা করেছিলেন, অমলেশ এবার তাঁর মেয়েকে বিয়ে করবেন। কিন্তু অমলেশ তখন নিজের মতো করে স্বাধীন জীবন গড়তে ব্যস্ত। তিনি প্রফেসরের মেয়ের কোনো খোঁজ খবর নেননি, বিয়ের কথাও তোলেননি।

প্রফেসর এতে খুব কষ্ট পেয়েছিলেন, কিন্তু কিছু বলতে পারেননি।

আর অমলেশ ? তিনি মনে মনে ভেবেছিলেন–

"যে সুযোগ একবার এসেছে, সেটা কাজে লাগানোই বুদ্ধিমানের কাজ"

এইভাবেই তাঁর জীবনের একটা বড় অধ্যায় শেষ হলো - যেখানে কৃতজ্ঞতার চেয়ে লাভটাই ছিল বড়।চাকরি পাওয়ার পর অমলেশের জীবন এক নতুন পথে হাঁটা শুরু করে । এখন তিনি বড় কোম্পানির কর্মচারী, ভালো বেতন পান, সহকর্মীদের মধ্যে বেশ জনপ্রিয়ও হয়ে উঠেছেন। সেই সময়েই তাঁর জীবনে আসে করবী।

করবী এক সাধারণ, গরিব পরিবারের মেয়ে। ছোটবেলায় অনেক কষ্টের মধ্যে বড় হয়েছেন । সংসারে টানাটানি, বাবার অসুস্থতা, ছোট ভাই-বোনদের পড়াশোনা–সব মিলিয়ে এক কঠিন জীবনের সঙ্গে লড়াই করে বড় হয়েছেন । তবুও করবী হাল ছাড়েন নি। নিজের পরিশ্রম আর বুদ্ধির জোরে ভালো রেজাল্ট করে অমলেশ দাদুর কোম্পানিতে চাকরি পেয়েছিলেন ।

অফিসে প্রথম দিকে দু'জনের মধ্যে শুধুই সহকর্মীর সম্পর্ক ছিল। কিন্তু ধীরে ধীরে করবীর শান্ত স্বভাব, কাজের প্রতি নিষ্ঠা, আর তাঁর সহজ সরল কথা বলার ভঙ্গি অমলেশের মন ছুঁয়ে যায়।

আর করবীর কাছেও অমলেশ ছিলেন একরকমের অনুপ্রেরণা। তাঁর চমৎকার ব্যক্তিত্ব, আত্মবিশ্বাসী মন, সবসময় হাসিখুশি, প্রাণোচ্ছ্বল স্বভাব করবীর মনকে প্রভাবিত করে।

সময় গড়াতে গড়াতে তাঁদের মধ্যে এক গভীর বন্ধুত্ব তৈরি হয়। অফিসের বাইরে দেখা-সাক্ষাৎ, কথা, চিঠি–সব মিলিয়ে সম্পর্কটা প্রেমের রূপ নেয়।

করবী ভেবেছিলেন, একদিন হয়তো অমলেশ তাঁকে বিয়ে করবেন, তাঁদের সংসার হবে। করবী অমলেশকে নিয়ে, নতুন করে সুন্দর ভাবে বাঁচার স্বপ্ন দেখতে শুরু করেন ।

কিন্তু অমলেশ তাঁকে বিয়ে করেননি । করবী খুব কষ্ট পেয়েছিলেন । সবার অগোচরে একা একা কেঁদে কাটিয়েছেন । কিন্তু কখনো কাউকে কিছু জানতে দেননি।

জীবনের সব আশা-ভরসা ভুলে গিয়ে করবী অবশেষে নিজের পরিবারকে নিয়েই ব্যস্ত হয়ে পড়েন । ভাই-বোনদের লেখাপড়া, বিয়ের খরচ–সব দায়িত্ব নিজের কাঁধে তুলে নেন । কখনও ভাবেননি নিজের জন্য কিছু করবেন।

এভাবেই বছর কেটে যায়। করবীর ভাই-বোনেরা সবাই প্রতিষ্ঠিত হয়–কেউ ভালো চাকরি পায়, কেউ সুন্দর সংসার গড়ে তোলে। কিন্তু করবী? একাই রয়ে যান বিয়ে করা আর হয় নি।

তাঁর জীবনে অমলেশ এক স্মৃতি হয়ে থেকে যায়।

জীবনের নানা উত্থান-পতনের পর অবশেষে অমলেশ ঠিক করলেন, এবার স্থির হওয়া দরকার। বহু মেয়ের সঙ্গে সম্পর্ক হলেও কারও সঙ্গেই সংসার বাঁধেননি। কিন্তু বয়স বাড়ার সঙ্গে সঙ্গে তাঁর মনে হলো-এবার

সত্যিই একজন জীবন -সঙ্গীর প্রয়োজন, যে সর্বদা তাঁর পাশে থাকবে, যত্ন নেবে, আর তাঁর ব্যস্ত জীবনে একটু শান্তি এনে দেবে।

এই সময়েই অমলেশের জীবনে আসেন জুঁই।

জুঁই ফর্সা, সুন্দরী, মিষ্টি স্বভাবের মেয়ে। শান্ত দীপ্তিময় দুখানি চোখ। পড়াশোনা খুব বেশি করেননি, কিন্তু বুদ্ধি ছিলো তীক্ষ্ণ। মানুষ চিনতে, কথা বুঝতে, আর নিজের মতামত সঠিকভাবে প্রকাশ করতে খুব বেশি সময় নিতেন না।

তবে এ জুঁই ফুলকে খুঁজে এনে অমলেশের হাতে তুলে দেন তাঁর জেঠিমা। অমলেশ জুঁইয়ের সৌন্দর্যে মুগ্ধ হন, আর জুইঁয়েরও অমলেশকে ভীষণ ভালো লেগে যায়। খুব অল্প দিনের মধ্যেই তাঁদের বিয়ে হয়।

বিয়ের পর অমলেশ, জুঁইকে তাঁর ফেলে আসা জীবনের সমস্ত গল্পো শোনাতেন। পুরোনো প্রেমের কোনো গল্পই তাতে বাদ পড়েনি। কলেজের মেয়েরা তাঁকে কত ভালোবাসত, কে কে তাঁর জীবনে এসেছিল, আবার কীভাবে তারা গেছে, তার সমস্ত বর্ণনা জুঁই দিদা ধৈর্য্য ধরে শুনতেন।

এসব কাহিনী শুনতে শুনতে কখনো অবাক হতেন, কখনো একটু বিরক্ত বোধও করতেন। কিন্তু একটা গল্প তাঁর মনে বিশেষ জায়গা করে নেয়–করবীর গল্প।

অমলেশ যখন করবীর কথা বলতেন, তাঁর চোখে-মুখে এক ধরনের অপরাধবোধ ঝলক দিত। তিনি হয়তো বুঝতেন, করবীকে ভীষণ কষ্ট দিয়েছেন, কিন্তু সেটা আর ফিরিয়ে নেওয়া সম্ভব নয়।

জুঁই করবীর গল্প শুনে এক অদ্ভুত মায়ায় জড়িয়ে পড়েন। ভাবতেন- মেয়েটি নিশ্চয়ই অনেক কষ্ট পেয়েছে। এত ভালোবাসা পেয়েও শেষে একা হয়ে গেল !

সেই থেকে করবীর প্রতি জুঁই'য়ের মনে এক নিঃশব্দ টান তৈরি হয়– একটা মায়া, একটা সহানুভূতি, যেটা সময়ের সঙ্গে আরও গভীর হতে থাকে।

বিয়ের পর প্রথম দিকে অমলেশ আর জুঁই'য়ের জীবন ছিল খুব আনন্দময়। দু'জনেই একে অপরকে ভীষণ ভালোবাসতেন, একসঙ্গে সময় কাটাতেন। কিন্তু অমলেশের জীবনের ধরনটা ছিল একটু আলাদা– তিনি ছিলেন ভোগবিলাসে অভ্যস্ত মানুষ। তাঁর কাছে জীবন মানে ছিল - আনন্দ, মজা, আর প্রতিটি মুহূর্তকে নিজের মতো করে উপভোগ করা।

ধীরে ধীরে জুঁইও সেই জীবনযাত্রায় অভ্যস্ত হয়ে যান। শুরুতে এসবের মধ্যে অস্বস্তি বোধ করতেন, কিন্তু পরে তাঁর মনে হয় —অমলেশের মন জিততে হলে তাঁকেও তাঁর মতো হতে হবে।

তাই কোনো আনন্দেই জুঁই স্বামীকে একা রাখেননি। রাত জেগে পার্টি, নাচ-গান, বন্ধুদের সঙ্গে আড্ডা, দামি খাবার আর মদের আসর–সব জায়গাতেই তিনি ছিলেন অমলেশের পাশে।

ধীরে ধীরে এই আনন্দলাভই তাঁদের জীবন যাত্রার একমাত্র লক্ষ্য হয়ে দাঁড়ায় । কলকাতার এমন কোনো রেস্টুরেন্ট, হোটেল বা ক্লাব ছিল না, যেখানে অমলেশ আর জুঁই যাননি।

তাঁদের পোশাক-পরিচ্ছদ থেকে শুরু করে চলাফেরা–সবকিছুতেই ছিল শহুরে বিলাসিতা। বন্ধু-বান্ধবদের মধ্যে তাঁরা ছিলেন এক আলোচিত

দম্পতি। কেউ তাঁদের দেখে হিংসে করতেন, আবার কেউ গালিগালাজও দিতেন। যাঁরা তাঁদের গালিগালাজ দিতেন, আসলে তাঁরা তাঁদের শুভাকাঙ্খী ছিলেন।

আসল সত্যি ছিল অন্য জায়গায়। বাইরে থেকে যতই ঝলমলে লাগুক, তাঁদের জীবনে আস্তে আস্তে ঢুকে পড়েছিল এক শূন্যতা। আনন্দের নেশায় তাঁরা ভুলে যাচ্ছিলেন বাস্তব জীবন, পরিবার, এমনকি নিজেদেরও।

তখন অবশ্য এসব ভাবার সময় ছিল না। জীবনটা ছিলো তাঁদের কাছে একটানা একটা উৎসব। আর জুঁই ও অমলেশ দু'জনেই সেই উৎসবের অংশ হয়ে গিয়েছিলেন।

অমলেশ আর জুঁই'য়ের জীবন যত এগোতে লাগল, তাঁদের বিলাসিতা তত বাড়তে থাকল। পার্টি, বন্ধুদের সঙ্গে আড্ডা, রেস্টুরেন্টে যাওয়া, এসবের ভিড়ে একসময় তাঁরা ভুলে গেলেন, তাঁদের সংসারে আরও দু'জন মানুষ আছে–তাঁদের ছেলে কৃশানু আর মেয়ে কবিতা।

কৃশানু ছোটবেলায় খুব চঞ্চল ছিল। প্রথমে স্কুলে ভালো ফল করলেও, পরে পড়াশোনার প্রতি আগ্রহ হারিয়ে ফেলে। মা-বাবা দিনের বেশির ভাগ সময় বাইরে কাটাতেন–তাই ওদের দিকে নজর রাখার কেউ ছিল না। জুঁই মাঝে মাঝে বকতেন, কিন্তু তাতে কাজ হতো না। অমলেশ বলতেন-

"ছেলেমেয়েদের নিজের মতো বড় হতে দাও। ওদের জীবন ওরা নিজেরাই গড়ে নেবে।"

ছেলে- মেয়েরা খুব যে দুষ্ট ছিল সে কথা বলা যায় না। তারা চেষ্টা করত পড়াশোনা করতে, কিন্তু লেখা-পড়ার জন্য ঘরে যে পরিবেশের প্রয়োজন —তা কোনোদিনই তারা পায়নি।

মা-বাবার জীবনযাপন দেখে ওরা নিজেদের জীবনের লক্ষ্য স্থির করে উঠতে পারেনি। তাদের একটা অনিশ্চিত, ছন্দহীন জীবন তৈরি হয়েছিল।

সময়ের সঙ্গে সঙ্গে দু'জনেই বড় হলো, কিন্তু তাদের জীবন দিশা খুঁজে পেল না।

কৃশানু শেষ পর্যন্ত পড়াশোনা ছেড়ে দেয়। অমলেশ ছেলের জন্য টাকা খরচ করে একটা হার্ডওয়্যারের দোকান খুলে দেন।

কৃশানুর ব্যবসাতেও মন নেয়। দোকান ভালো চলে না। কিন্তু সে বাবার টাকায় বিলাসী জীবন চালিয়ে যায়–ঠিক যেমনটা ছোটবেলা থেকে দেখে আসছে,ঠিক তেমনিই আদব কায়দায় চালিয়ে যায় জীবন।

অন্যদিকে কবিতার বিয়ে হয় এক ধনী ঘরে। সবাই ভেবেছিল, মেয়ে এখন নিশ্চিন্তে থাকবে। কিন্তু টাকার প্রাচুর্য থাকলেও সেখানে ভালোবাসা ছিল না। স্বামী ব্যস্ত নিজের কাজে, আর কবিতা ধীরে ধীরে একাকীত্বে ডুবে যায়।

কৃশানু আর কবিতা —দু' জনের জীবনই তাদের মা-বাবার ছায়া দিয়ে গড়া। বাইরের চাকচিক্য আছে, কিন্তু ভিতরে সুখের ছোঁয়া নেই।

অমলেশ আর জুঁই আস্তে আস্তে বুঝতে পেরেছিলেন, সন্তানদের জন্য তাঁরা যা রেখে যাচ্ছেন, তা শুধু টাকা নয়, তার সাথে এক বিশাল শূন্যতা, সেটা তাঁরা আর কোনোদিন পূরণ করতে পারবেন না।

দেখতে দেখতে বেশ অনেক গুলো বছর কেটে গেল। অমলেশ অবসর নিলেন। তাঁর জীবনের গতি ধীরে ধীরে কমতে থাকলো। তাঁর অবসরের ঠিক এক বছরের মাথায় করবীও চাকরি থেকে অবসর নিলেন।

করবীর জীবন পরিশ্রম আর দায়িত্বে ভরা। নিজের স্বপ্ন, নিজের সুখ–সবকিছু তিনি ছোট ভাই-বোনদের জন্য বিসর্জন দিয়েছিলেন। সেই ভাই বোন, তাদের ছেলে- মেয়ে, সবাই এখন ভীষণ ব্যস্ত। করবী ভেবেছিলেন, অবসরের পরে হয়তো তারা একটু সময় দেবে, পাশে থাকবে। জীবনের শেষ কয়েকটা দিন তাদের সঙ্গে শান্তিতে কাটিয়ে দেবেন কিন্তু বাস্তব অন্য কিছু নিয়ে তাঁর জন্য অপেক্ষা করছিলো।

করবীর চাকরিতে নিয়মিত পেনশনের কোনো ব্যবস্থা ছিলো না। কোম্পানি অবসরের সময় এককালীন কিছু টাকা দিয়েছিল, আর সেটাই ছিল তাঁর জীবনের একমাত্র ভরসা।

কিন্তু সেই টাকা ভাইয়ের অনুরোধে ভাইপোকে দিতে বাধ্য হোন। টাকা হাতে পাওয়ার আগে তাঁর প্রচুর খাতির যত্ন ছিলো।কিন্তু টাকা পাওয়ার সঙ্গে সঙ্গেই সম্পর্কের উষ্ণতা মিলিয়ে গেল। ভাইপো নিজের জীবনে ব্যস্ত হয়ে পড়ল। বাড়ি এসে খোঁজ নেওয়া দূরের কথা, ব্যস্ততার কারণে, ফোন করারও সময় পায় না।

করবী বুঝলেন, তিনি এখন আর কারো দরকারে লাগবেন না। টাকা শেষ, সম্পর্কও শেষ।

একসময় যিনি সবার পাশে দাঁড়াতেন, এখন তিনি একা, সম্পূর্ণ একা। না সংসার, না ভালোবাসা, না নিরাপত্তা–কিছুই তাঁর জীবনে রইল না।

তবুও করবী কারো বিরুদ্ধে কোনো অভিযোগ করলেন না। চুপচাপ একটা ছোট ভাড়াবাড়িতে চলে গেলেন। একা একাই, নিভৃতে, নীরবে জীবনটা কে বাঁচিয়ে রাখার চেষ্টা করতে লাগলেন।

কিভাবে এসব খবর জুঁই'য়ের কাছে গেলো কে জানে? যাঁকে কখনো চোখে দেখেননি, যাঁর শুধুমাত্র গল্প শুনে এসেছেন, তাঁর এতো কষ্ট, এতো অবহেলা তিনি মন থেকে মেনে নিতে পারলেন না। নিজের অজান্তেই কষ্টে বুকটা ভারী হয়ে উঠলো।

এসব শুনে জুঁই এক মুহূর্তও দেরি করলেন না। করবীকে খুঁজে বের করলেন, তারপর নিজেই গিয়ে তাঁকে নিজের বাড়িতে নিয়ে এলেন।

করবীর ভীষণ সংকোচ হচ্ছিলো। ভাবছিলো, জুঁইয়ের সংসারে তাঁর জায়গা কোথায় ? তিনি কেনোইবা পরের সাজানো সংসারে এসে ঢুকবেন!

জুঁই দিদা করবীকে স্পষ্ট করে জানিয়ে দিলেন -

"তুমি আর একা থাকবে না, করবী। এবার আমাদের সঙ্গেই থাকবে।"

করবী প্রথমে একটু সংকোচ করেছিলেন। কিন্তু জুঁই'য়ের মমতা আর স্নেহের সামনে সেই সংকোচ উধাও হয়ে গেলো। ধীরে ধীরে জুঁই, করবীর পরমাত্মীয় হয়ে উঠলেন। তিনি জুঁই'য়ের সাথে অমলেশের বাড়িতেই থাকতে লাগলেন।

অমলেশ এখন বৃদ্ধ দাদু। একসময়ের প্রাণোচ্ছল মানুষ–এখন তাঁর চোখে মুখে ক্লান্তি, শরীরে দুর্বলতা। কিন্তু একটা ব্যাপার আগের মতোই রয়ে গেছে–তাঁর খোলামেলা স্বভাব।

বয়সের ভারে যখন জীবনের প্রায় সবকিছু হারিয়ে ফেলেছেন, তখন দাদু নিজের পুরোনো জীবনের গল্প অবলীলাক্রমে বলে যেতেন।

জীবনের শেষ প্রান্তে এসে নিজের ভুল স্বীকার করে মনের ভার হালকা করতেন।

তাঁর পাশে এখন দুই নারী–একজন তাঁর স্ত্রী, জুঁই; আরেকজন তাঁর অতীতের অনুতাপ, করবী।

আজকাল করবীকে পাশে পেয়ে, তাঁর দেখাশোনা করে, সুখ-দুঃখের ভাগিদার হয়ে কিছুটা হলেও পাপবোধ লাঘব করতে পেরেছেন। অন্ততঃ এটুকু ভেবে শান্তি পান - করবীকে একটা নিরাপদ আশ্রয় দিতে পেরেছেন।

এর পিছনে অবশ্য রয়েছে জুঁই দিদার মস্ত বড় অবদান। জুঁই দিদা স্ত্রী হিসেবে নিজেকে দাদুর সমস্ত কুকর্মের অংশীদার বলে মনে করতেন। তাই

করবীর দায়িত্ব পালন করে নিজের পাপের বোঝা হালকা করতে চেয়েছিলেন। বলা ভালো, এতে তাঁর মনে এক অদ্‌ভূত প্রশান্তি এসেছে।

করবীও, জুঁই দিদা আর অমলেশ দাদুর সান্নিধ্যে এসে বেশ ভালোই আছেন। আনন্দেই দিন কাটাচ্ছেন। চোখ মুখ থেকে অবসাদের ছায়া সরে গেছে।

আজকাল ছোট ছোট মুহূর্তগুলো তাঁদের কাছে অত্যন্ত মূল্যবান হয়ে উঠেছে। এক কাপ চা, সন্ধ্যার আড্ডা, অমলেশের মজার গল্পো, একসাথে হো, হো করে হাসি মনকে অন্য রকমের প্রশান্তি দেয়। টাকা,বা ক্ষমতায় তা পাওয়া সম্ভব নয়।

ধীরে ধীরে তাঁরা বুঝলেন, এখন আর কারও প্রয়োজন নেই–না সন্তান, না ভাই-বোন। তিনজনেই এক অদ্‌ভুত বন্ধনে বেঁধে আছেন। অতীতের ভুল ও কষ্টকে সামলানোর মানসিক জোড়ও তাঁদের মধ্যে রয়েছে।

সময় যত এগোতে থাকলো, অমলেশ দাদু, জুঁই দিদা এবং করবী– একে অপরের আরো কাছাকাছি চলে এলেন। বয়স, জীবন-শক্তিকে দমিয়ে দিলেও, তাঁদের মনের প্রশান্তি নষ্ট করতে পারেনি।

কবিতা, আর কৃশানু নিজেদের ব্যস্ত জীবনে, মা, বাবার খোঁজ খবর নেবার সময় পাই না। কৃশানু বাবার পৈত্রিক ভিটে ছেড়ে অভিজাত এলাকায় ফ্লাট বাড়িতে উঠেছে। কবিতা এ দেশেই থাকে না। বিদেশে বাসা গড়েছে। আত্মীয় স্বজনেরাও যে যার নিজের মতো থাকেন। কেউ কারো খবর নেবার প্রয়োজন বোধ করেননা।

তাঁদের এই বৈচিত্র্যময় জীবনের অভিজ্ঞতায় তাঁরা বুঝেছেন ভেতরের, বাইরের কোনো মানুষের ওপরেই আর নির্ভর করা যাবে না। নিজেদের অবশিষ্ট জীবনী শক্তি দিয়েই বাকি জীবন চালাতে হবে।

এখন তাঁরা তিনজনে একে অপরের বন্ধু হয়ে, এক পারিবারিক বন্ধনে আবদ্ধ হয়ে আছেন। বাইরের কোনো সুখ সম্পদ নয়, তাঁদের মনের এই বন্ধনই শেষ জীবনে শান্তি আর নিরাপত্তা এনে দিয়েছে।

আজ তাঁদের কারো জীবনেই আর কোনো তাড়াহুড়ো নেই। উদ্বিগ্ন হয়ে থাকা, বা বিষণ্নতাও নেই। একসাথে থেকে, একে অপরকে সঙ্গ দেয়াটাই এখন তাঁদের একমাত্র কাজ। জীবনের শেষ অধ্যায়ে এসে, তাঁরা এখন এক শান্তিপূর্ণ প্রতীক্ষার দিন গুনছেন।

৪. মীনা

অমলা সূর্য প্রণাম করে প্রতিদিনই বাড়ান্দায় একটু দাঁড়ায়। সকালে ব্যস্ততা বেশী দাঁড়াবার সময় নেই। সামনের ফ্ল্যাটের উপালিদি বেরিয়ে এসে জিজ্ঞেস করলো -" কি গো কোনো কাজের লোক খুঁজে পেলে ?"

অমলা বললো - " না'গো পাই নি। আমি একজন সবসময়ের লোক খুঁজছি। সকালে এসে, সন্ধ্যে বেলায় যাবে। কয়েকটা সেন্টারে বলেছি। যা টাকার চাহিদা! প্রতিদিন সাড়ে চারশো টাকা। কি যে করবো বুঝে উঠতে পারছি না। তুমি কি পেলে কাউকে ?"

উপালিদি বললো -"আমার ফ্ল্যাটে আর কোনো মেয়ে কাজ করতে আসবে না ,"

অমলা বিস্মিত হয়ে বললো -"কেন ?"

"কারণ শুনলে তোমার চক্ষু কপালে উঠবে।

ভীষণ উত্তেজিত হয়ে পড়েছে উপালি দি। " কি বলে জানো ? বলে- তোমার চার তোলার উপরে ফ্ল্যাট । লিফ্ট নেই। হেঁটে উপরে উঠতে হবে। তিনটে ঘর, ডাইনিং, দুপাশে দুটো বারান্দা, দু'হাজারের নিচে করবো না। তা- ও তো কম করেই বলছি।"

"এসব কথা শুনলে কেমন গা জ্বালা করে বলো দেখি। আমি ঠিক করেছি, আর কাজের লোক রাখব না। করনার সময় যেমন অভ্যাস করেছিলাম, আবার সেই অভ্যাস করে নেবো।"

কাজের লোক নিয়ে উপালিদি ভীষণ ক্ষেপে আছে। উপালিদিরা স্বামী- স্ত্রী তে থাকে।ছেলে ছেলেবৌ নাতি দিল্লিতে থাকে, মাঝে মাঝে আসে।

বছরে একবার কি দুবার কয়েকদিনের জন্য এসে ঘুরে যায়।কাছেই মেয়ে, জামাই'য়ের বাড়ি। ওরা অবশ্য বিশেষ একটা আসে না। নিজের নিজের সংসার ফেলে কেউ ই আর বিশেষ থাকতে চায় না"।

উপালিদি বললো- " কাজের লোক না পাওয়া গেলে না যাবে। দরকার নেই। ছেলেমেয়েরা এলে একটু চাপ পড়ে এই যা। কিন্তু তোমার তো কাজের লোকের খুব প্রয়োজন। তোমার জন্যও বলেছি অনেককে। তেমন ভালো কাজের মেয়ে আর কোথায়?"

অমলা বললো -"তোমার সঙ্গে অনেক দরকারি কথা আছে। আবার পরে কথা বলবো। "- বলেই অমলা দ্রুত পায়ে ঘরে ঢুকে গেলো। ছেলেকে স্কুলে পাঠাতে হবে। বর কাজে যাবে। শাশুড়ির প্রয়োজনীয় জিনিস হাতের কাছে গুছিয়ে গাছিয়ে দিয়ে যেতে হবে। নিঃশাস ফেলার সময় নেই।

সে দিনেই স্কুল থেকে ফেরার পথে রাস্তায় সনৎ রিক্সাওয়ালার সাথে দেখা হলো। দেখেই অমলার চিৎকার - "সনৎ তো? অনেকদিন পর দেখলাম। এদিকের রাস্তায় তুমি আর চালাও না?"

"না দিদি চালাই, তবে আপনার সাথে দেখা হয় না। কেমন আছেন ?"

“ভালো আছি ভাই তুমি কেমন আছো ?”

“আপনাদের আশীর্বাদে চলে যাচ্ছে। রিক্সো বিক্রি করে টোটো কিনেছি। রিক্সোতে আজকাল কেউ চাপতে চায় না। তাছাড়া রিক্সোর চেয়ে টোটো চালানো বেশি সুবিধাজনক। “

অমলা বললো - “এ পাড়ার যা রাস্তা! রিক্সোতেতো বসাই যায় না । আচ্ছা সনৎ, তুমি মীনার কোনো খোঁজ খবর জানো? কোথায় থাকে এখন?”

“আপনাকে তো বলেছিলাম, মীনা আবার বিয়ে করেছে। আগের বরের সাথে বসিরহাটে থাকে। ওখানে শ্বশুর বাড়ির চাষাবাদ আছে, সেসবের কাজ করে। এখন ওর বর কৈখালিতে থাকে। ঘর ভাড়া নিয়েছে। মীনা আয়ার কাজ করে। বরও এখানে কিছু কাজকর্ম করে নিশ্চয় । ভালোই আছে। “

" অমলা অবাক হয়ে জিজ্ঞাসা করলো -" আর ওর ছেলেরা! তারা কার কাছে থাকে ?"

"তারা তো সব বড় হয়ে গেছে। দুই ছেলেরই বিয়ে হয়েছে। মীনা নাতি নাতনিরা ঠাকুমা হয়ে গেলো। "

"কি বলছো সনৎ। এই তো সেদিন বাচ্চা গুলো ছোট ছোট ছিল। একজন ভদ্রলোক ওর দুই ছেলেকেই নিতে চেয়েছিলেন। বলেছিলেন, কোন এক রামকৃষ্ণ মিশনে উনার চেনা জানা আছে, সেখানে ওদের পড়াশোনার ব্যবস্থা করে দেবেন। মিশনে থেকে পড়াশোনার খরচ উনি দেবেন।"

" মীনার পাঠানোর খুব ইচ্ছে ছিল। ওর দাদু তো ছাড়লো না। তার ধারণা হোস্টেলে থাকলে তার নাতিরা সব পর হয়ে যাবে। তাকে চিনতেও পারবে না, ভালোও বসবে না। তা দাদু কি এখনো নাতিদের ভালোবেসে তাদের কাছেই থাকে ?"

সনৎ বললো -"না গো দিদি। দাদু তো অনেক দিন হলো মারা গেছে। যা নেশা করতো। বাবুও তো নেশা করতো। নেশার ঘরেই ট্রেনে চাপা পড়েছে। লোকে বলে মীনার খারাপ স্বভাবের জন্য বাবু মনের দুঃখে ট্রেনে গলা

দিয়েছে। সত্যিটা ভগবানই জানেন। ঠাকুমা নাতিদের কাছেই থাকে। বয়স হয়েছে, কাজ করতে বিশেষ পারে না। এক দু বাড়ি করে বোধহয়। "

এতো গল্পের মাঝে অমলা আসল কথাটা বলতে ভুলে গেছিলো। তাই এবার গল্প থামিয়ে বললো -"একটা উপকার করোনা ভাই। মিনার ফোন নম্বর জোগাড় করে দিতে পারো? দরকার ছিল। "

সনৎ বললো -"আমার কাছে তো নেই। ওর ছেলের বৌদের কাছ থেকে জোগাড় করবো। পেলে তোমাকে ফোন করে জানাবো। "

সনৎ এর প্যাসেঞ্জার ধরার তাড়া। তাই আর কথা না বাড়িয়ে টোটোর গতি বাড়িয়ে দিলো।

সন্ধ্যে হয়ে আসছে, আমলাও দ্রুত বাড়ির পথে পা বাড়ালো ।

তিনদিন হয়ে গেলো। সনৎ এর কোনো ফোন নেই। অমলা নিজে থেকেই একদিন রাতে সনৎ কে ফোন করলো। ফোনটা ধরলো সনৎ। বললো - "আমি একদম ভুলে গেছিলাম দিদি। কাল সকালে ওর বাড়ি গিয়ে, বৌমাদের সঙ্গে কথা বলিয়ে দেব। তখন আপনি পেয়ে যাবেন নম্বর।"

দমদমের রেললাইনের ধারের বস্তির লোকেরা প্রায় সকলেই পাকা বাড়ি বানিয়ে ফেলেছে । কেউ কেউ দোতলা বানিয়েছে। সরকার থেকে ঢালাই করা রাস্তা বানিয়ে দিয়েছে। লাইটের পোল বসেছে, ট্যাপের জলের ব্যবস্থাও আছে।

রেললাইনের এই বস্তিতেই সনৎ এর বাড়ি। তাদের বাড়ির পাশেই মীনার প্রথম শ্বশুরবাড়ি। মীনার ছেলেরা এই বাড়িতেই থাকে।

এদিকে সনৎ আবার বিয়ে করে তার বৌয়ের বাপের বাড়ি সোদপুরের নাটাগড়ে চলে এসেছে। নাটাগড়েই বাড়ি বানিয়েছে। তার এক ছেলে, এক মেয়ে। ছেলে, মেয়েকে ছোট অবস্থাতেই ফেলে রেখে তার বৌ দ্বিতীয় বরের ঘর করতে চলে গেছে । সনৎ আর বিয়ে করেনি। প্রতিদিন সন্ধ্যে বেলায় টোটো নিয়ে নাটাগড়ে ফিরে আসে। বেলঘরিয়া ব্রীজ হওয়ায়, যাতায়াতের সুবিধা হয়েছে।

সনৎ বলেছিল ও সাড়ে ন'টা থেকে দশটার মধ্যে দমদমের বাড়িতে ঢুকে যায়। খুব সকালে আসতে পারে না। ছেলে মেয়েদের জন্যে রান্নাবান্না করে, বাসন ধুয়ে, ঘর মুছে পাশের বাড়ির একজন জেঠিমাকে বাচ্চা দুটোকে দেখাশোনার দায়িত্ত্ব দিয়ে তারপর বের হতে পারে। এ যুগে এখনো সনৎদের মতো ভালো মানুষ আছে, তাই মানুষের বন্ধনটা ছিন্ন হতে হতেও টিকে থাকে।

ঠিক পৌনে দশ টায় অমলা সনৎ কে ফোন করলো।

" হ্যাঁ দিদি আমার মনে আছে, আমি ওর ছোটো বৌমার সঙ্গে আপনার কথা বলিয়ে দিচ্ছি।"

" হ্যালো, তুমি মীনার ছোট বৌমা ? কি নাম তোমার ?"

" শ্রাবণী "

" শ্রাবণী তুমি তোমার শাশুড়ী মায়ের ফোন নম্বর দিতে পারো ?"

" মায়ের ফোন নম্বর- ই লাগবে ? বাবার হলে হবে না ? "

" না গো মায়ের টাই লাগবে। "

" মা নতুন নম্বর নিয়েছে। ওটা দিদির কাছে আছে। দিদির মোবাইল থেকে আমি, আপনার হোয়াটস অ্যাপ নম্বরে পাঠিয়ে দিচ্ছি। এই নম্বরে আপনার হোয়াটস অ্যাপ আছে তো ?

" হ্যাঁ আছে "

" ঠিক আছে, আমি পাঠিয়ে দিচ্ছি।"

দিদি মানে বুঝলাম ওর বড় জা। তবে বাবা নামটা শুনে আমি অবাক হয়েছিলাম। ওর নিজের শ্বশুর বাবা আসলে বাবু। বেঁচে নেই। এর পরেও মীনা একটা, কি, দুটো বিয়ে করেছে। এখন যার কাছে থাকে, সেটা চতুর্থ নম্বর বর। তাকেই শ্রাবণী বাবা বলছে। কি জানি হয়ত বাবার দায়িত্ব কর্তব্য পালন করে সে, তাই এই সম্মানটা পায়।

আর শ্রাবণীকেও বাহবা দিতে হয়। সেও সম্মন্ধ গুলো আঁকড়ে ধরে কিভাবে বেঁচে থাকতে হয় শিখে গেছে। কিছুক্ষণ পরেই মীনার ফোন নম্বর হোয়াটস আপে ঢুকে গেল।

সঙ্গে সঙ্গে অমলা ফোন করলো - "হ্যালো মীনা "?

ও পারের আওয়াজ -"কে বলেছেন ?"

"আমি দিদি "

"কে দিদি ? কোথা থেকে বলছেন ?"

"আমি দিদি-রে, বিধান পার্কের, গলা শুনে বুঝতে পারছিস না ? এখন আবার তোর কতগুলো দিদি হয়েছে ?"

এবার সহাস্য গলায় -" ও তুমি? এতক্ষণে বুঝলাম। এখনো তুমিই আমার দিদি আছো। আর দু' জন সিস্টার দিদি আছে। বাকীরা সবাই বৌদি, কাকীমা, জেঠিমা, মাসিমা, ঠাকুমা, দিদা এই সব। কেমন আছো গো দিদি?"

" কেমন আছি জানতে হবে না। তুই আমার কাছে কাজ করবি কিনা বল ? "

" কাজ ? আচ্ছা দাঁড়াও, ফোনে এসব কথা হবে না। আমি তো প্রায়- ই ওবাড়ি যাই। তোমার ফ্ল্যাটে গিয়ে কথা বলে আসবো। "

" কবে, আসবি ?"

" পরশুদিন যাবো, শ্বশুর মশাইয়ের দিবসী আছে। শাশুড়ী বাড়িতে কীর্তন গান দেবে। কয়েকজন বৈষ্ণব ভোজন করাবে। সেদিন ওখানে গিয়ে তোমার কাছে যাবো। ভালো করে কথা হবে। পরশু রবিবার, তোমার ছুটিও আছে।"

" ঠিক আছে, আমি সারাদিন বাড়িতে থাকবো, যে কোন সময় আসিস।"

রবিবারের দিন সকাল বেলায় উপালিদি জিজ্ঞাসা করলো " অমলা, কাজের কোন মেয়ের খবর পেলে?"

" পেয়েছি একজনকে, আমারই পুরানো কাজের লোক। পুরোনো মানে প্রায় বারো তেরো বছর আগে কাজ করত। রেল লাইনের পারে ওর শ্বশুর বাড়ি ছিল। এখন কৈখালীতে থাকে, চতুর্থ নম্বর বরের সাথে। "

চর্তুথ নম্বর শুনে আমলাদি চোখ বড় বড় করে বললো - " মানে চারটে বিয়ে করছে ! তাহলে নিশ্চিন্ত হয়ে নিতে পারো। ও আর বিয়ে করবে না ,- " বলেই হাসতে লাগলো।

অমলাও হাসছে।

বললো - "আজকে আসতে বলেছি, দেখি দক্ষিণা কত হাঁকে। দক্ষিণার ভয়েই তো লোক রাখতে পারছি না। "

"সেই তো হলো, যা দিনকাল পড়েছে। আজকাল আর জাত -ধর্ম , চরিত্র দেখে কাজ নেই। চুরির স্বভাব না থাকলেই হলো। দক্ষিণাটা, একটু কম করলে নিয়ে নাও। এ তবুও চেনা জানা আছে। সেন্টারের লোকেরা তো সম্পূর্ণ অপরিচিত। আর বিয়ের কথা বলছো ? "সেলিব্রিটিরা যখন তিন, চারটে বিয়ে করছে দোষ হয় না, না ? কাজের মেয়ে চারটে বিয়ে করলে দোষ --" বলেই উপালিদি আবার হাসতে লাগলো।

হাসি শেষ না হতেই কলিং বেলের আওয়াজ।

" মনে হয় ছেলেটা দুধের প্যাকেট দিতে এসেছে। " --এই বলে অমলা দ্রুত পায়ে ঘরের দিকে চলে গেল।

দরজা খুলে দেখলো- মীনা। তার পাশে একজন কম বয়সী মেয়ে, তার বিয়ে হয়ে গেছে।

" কি রে তোকে নীচের গেট কে খুলে দিলো ?"

মীনা বললো -- "এখানে তো সবাই আমাকে চেনে। বললাম তোমার কাছে যাবো, গেট খুলে দিলো। "

মীনা সঙ্গের মেয়েটিকে দেখিয়ে বললো - " আমার ছোটো ছেলের বৌ। তোমার কাছে যাচ্ছি শুনে ও আসতে চাইলো। তাই নিয়ে এলাম। "

" এত সকালে কৈখালি থেকে এলি; না কাল থেকে ছিলি এখানে ?"

" না, না, অনেক ভোর বেলাতেই বেরিয়েছি আমি এখানে আসবো বলে। শ্বশুর মশায়ের দিবসী। বাড়িতে প্রচুর কাজ. কখন আসতে পারবো তার ঠিক নেই। তাই ও বাড়িতে এসে আগে তোমার সাথে দেখা করতে এলাম। "

এরই মাঝে মীনার ছোট বৌমা পায়ে হাত দিয়ে প্রণাম করে নিল।

অমলা বললো - " তুমি ই শ্রাবণী তো ?"

"আমি তুই করেই বলছি। পড়াশুনা না করে, এই ছোট বয়সে বিয়ে করে নিলি ? "

" শ্রাবণী বললো - " আমি পড়াশোনা ছাড়িনি। এইচ, এস পাশ করে কাশীশ্বরী কলেজে ভর্তি হয়েছি। "

সঙ্গে সঙ্গে অমলার মাথায় কন্যাশ্রীর ব্যাপারটা মনে পড়লো। জিজ্ঞাসা করলো -" কন্যাশ্রীর পাঁচিশ হাজার টাকা কি করলি ? খরচা করে ফেলেছিস?

শ্রাবণী প্রবল ভাবে হাত নাড়িয়ে বললো - " না মাসীমণি, কন্যাশ্রীর টাকা খরচা করিনি। আমার মা ঐ টাকা ব্যাঙ্কে এফ ডি করে দিয়েছে। "

অমলা খুশি হয়ে বললো -" বা, বেশ। আর মোবাইলের দশ হাজার টাকা দিয়ে মোবাইল কিনেছিস ? "

" না, ওটা কিনিনি। আমার মোবাইল আগেই ছিল। বাবা দোকান থেকে মোবাইল কেনার একটা রশিদ এনে দিয়েছিল। ওটা স্কুলে জমা দিয়েছি। ওই টাকাও ব্যাঙ্কে রেখে দিয়েছি। "

" তোকে মোবাইল কে কিনে দিয়েছে ?" অমলা বেশ গম্ভীর ভাবে জিজ্ঞাসা করলো।

" আমাদের স্কুলে ভোকেশনাল কোর্স করানো হয়। আমি ওখানে বিউটিসিয়ানের কোর্স করেছি। আগে বাড়িতে টুকটাক একটা দুটো কাজ

করতাম। এখন আমার বাপের বাড়ির উল্টোদিকে একটা বিউটি পার্লার- এ কাজ করি। ভালো চলে পার্লার টা। পুজোর সময়, বিয়ের মরশুমে খুব ভিড় হয়। এত কাজের চাপ থাকে নাওয়া, খাওয়া ভুলে যাই। সেই ক্লাস নাইন থেকে আমি কাজ করে পয়সা জমাচ্ছি। বাবা মোবাইল কেনার সময় আরও দু'হাজার টাকা দিয়েছিলো। তাই দিয়েই হয়ে গেছে। আমার অত টাকা লাগে নি। বেশি দামী মোবাইলের তো আমার প্রয়োজন নেই। কাজ চললেই হলো। "

অমলা ভাবলো এযুগের মেয়ে হয়েও শ্রাবণী বেশ বুদ্ধিমতী। মীনার ছেলে ভালো হলে, তাকে নিয়ে বেশ গুছিয়েই সংসার করতে পারবে। শ্রাবণীকে বাহবা দিয়ে বললো -

" বাহ্ ! বেশ বুদ্ধিমানের মতো কাজ করেছিস। তবে বিউটি পার্লারের কাজ থেকে রোজগারপাতি হচ্ছে বলে পড়াশোনা ছেড়ে দিস না। বি. এ পাশ তো আজকাল সবাই করছে। "

খানিকক্ষণ মীনা চুপ ছিল। এইবার বললো - " পড়াশুনা ছাড়বে কেন ? বাড়ির গোড়ায় নওপাড়া মেট্রো। মেট্রোর সামনে দিকে উঠে শ্যামবাজারে নামলে কাশীশ্বরী কলেজ এর দোরগোড়ায় উঠবে। বাড়িতে ওদের নিজেদের দু'জনের রান্না। ঠাকুমা বড় বৌমার কাছে খায়। ছেলেকে বি.এ পরীক্ষায় বসাতে পারি নি। ওকে বি.এ পাশ করতেই হবে। তাছাড়া ওর শ্বশুরমশাই বলেছে - ওর পড়া শোনার বইপত্র, কলেজের মাইনে সব দেবে। তুই শুধু মন দিয়ে পড়াশুনা করবি। আমাদের খুব শখ তোকে বি.এ পাশ করানো।"

শ্রাবণীর মুখখানা আহ্লাদিত হয়ে উঠল।

বৌমাকে নিজের মেয়ের মতো কাছে টেনে নিয়েছে দেখে অমলার খুব ভালো লাগলো। চারটে বিয়ে করেছে বলে লোকে মীনাকে খারাপ বলে। তবে সংসারের দায়িত্ব, কর্তব্য থেকে মীনা একচুল ও সরেনি।

অমলা এবার হেসে বললো -" মীনা এবার তোর কথা বল। কাজের ব্যাপার পুরোটাই তো তুই জানিস। সকাল সাত টার মধ্যে ঢুকে যাস। আমি স্কুল থেকে ফিরলে চলে যাবি। ছেলে আটটার মধ্যে স্কুলে চলে যাবে। আমি

দাদা বেরিয়ে যাবো। তুই আর শাশুড়ীমা থাকবি বাড়িতে। কি কি রান্না হবে তোর মাসীমাকে জেনে নিয়ে করবি, আমি এ ব্যাপারটা ভালো পারি না, ওটা মা -ই চিরকাল ঠিক করে আসছে, ভালো পারে। তোর দাদার খাওয়ার নানা সমস্যা আছে, তুই তো জানিস। মা ঠিক করে বলে দেবে তোকে। বাকী ঘর মোছা, বাসন ধোয়া তুই তোর মতো করবি। এবার তোর দক্ষিনা কত বল ?"

" তুমি বলো কত দেবে ?"

" না মীনা, তুই বল কত নিবি ?"

আমি বলবো, তাহলে, ষোলো হাজার দিও --"

" কি বলছিস মীনা -ষোলো হাজার! এত কি করে দেব ? "

" তাহলে তুমি বলো ?"

" তোকে বড় জোর দশ হাজার দিতে পারবো। বাড়ি থেকে খাবার আনিস না, এখানে খাবি। দিন হিসাবে টাকা নিবি তো ? "

মীনা এবার হাঁ হাঁ করে উঠলো। "তোমার কাছ থেকে আমি দিন হিসাবে টাকা নেবো ? কি বলো তুমি ! পুরো মাইনে দেবে, আর দশ হাজার টাকায় হবে না। তোমার বাড়ি আসতে আমার খরচ কত বলো দেখি ? "

শেষ পর্যন্ত এগারো হাজার টাকা, সকালের জলখাবার, দুপুরে ভাত, বিকালের চা এতে মীনা রাজী হল।

টাকা পয়সার দর কষাকষি শেষ হলে মীনা বললো-

"আর দেরী করা যাবে না। বাড়িতে অনেক কাজ। তুমি রাত্রে খাবার বানাবে না, আমি দিয়ে যাবো। বিকেলে কীর্তন গান হবে। লোকজনের খাওয়া দাওয়া সাতটা, সাড়ে সাতটার মধ্যেই সব মিটে যাবে। আমি তখন খাবার নিয়ে এসে দু'দণ্ড তোমার সঙ্গে বসে গল্প করবো। এখন আসছি।

এই বলে মীনা ছোট বৌমাকে সঙ্গে করে বেরিয়ে গেল।

মীনা চলে গেলে অমলার শাশুড়ী মা বললেন -

" দশ হাজার হলেই ভালো হতো। কদিন যে কাজ কামাই করবে, তার ঠিক নেই। দিন হিসাবে তো নেবে না। দিন হিসাবে নিলে তাও একটু সুবিধা ছিলো। ওই কটা দিনের টাকা বাদ যেত। "

" কি আর করা যাবে মা। কত খুঁজছি, সব সময়ের কাজের মেয়ে পাওয়া খুব মুশকিল। সব সময় থাকবে। একটু পরিষ্কার -পরিছন্ন, ভদ্র-সভ্য না হলে তো নেওয়া যায় না।"

শাশুড়ি মা বললেন -" সে তো ঠিক ই, এখন দেখা যাক, মীনা ঠিক ঠাক মতো এলে হয়। "

সে দিনেই পৌনে আট টার দিকে মীনা এলো। লুচি, আলুর দম, মিষ্টি আর কিছু ফলের প্রসাদ নিয়ে এসেছে। অমলার ইশারা মতো, ডাইনিং টেবিল এর উপর সব রেখে, বেসিনে হাত ধুয়ে মীনা বললো -

" সোফাতে বসবো, না কোথায় বসবো বলো ?"

আমলা বললো " সোফার ওপরই বস। "

মীনা বসে বললো ,- একটু জল খাওয়াও তো দিদি। ঠান্ডা জল। সারাদিন খুব পরিশ্রম গেছে। "

অমলা জল এনে দিয়ে বললো -" অনেক বছর পর তোর সাথে দেখা। কেমন আছিস তুই ? চারটে বিয়ে করেছিস শুনছি। "

হটাৎ-ই মীনার চেহারা বদলে গেল। স্থির হয়ে শান্ত স্বরে বললো -

" ভালোই আছি গো দিদি। "

" এই যে তুমি জিজ্ঞাসা করলে, কেমন আছিস ? আমার বুকের ভেতরটা যে কেমন করে উঠলো তোমাকে বলে বোঝাতে পারবো না। বুকের ভিতরের এতদিনের জমে থাকা কান্না বেরিয়ে আসছে গো দিদি। "

মীনার গলাতেও কান্নার সুর।

" শান্ত হ মীনা, কাদঁবি কেন? তোর ছেলেরা বড় হয়ে নিজের মতো করে দাঁড়িয়ে গেছে। তোর ও একটা আশ্রয় হয়েছে। এখন তো কোনো ভয়ে নেই। "

মীনা শান্ত হয়ে বললো -" সত্যই আমার আজ কোনো ভয়ে নেই, দুঃখ পাই না, কেউ আমাকে কোনদিন, কেমন আছি আমি জানতে চায়নি। সবাই শুধু দোষ খুঁজে গেছে "

" সেসব দিন তোর পেরিয়ে গেছে। আর পিছন ফিরে তাকাস না। "

" তুমি জানতে চেয়েছো না আমি কেমন আছি। আজ তোমাকে মনের সব কথা বলে বুকটা হালকা করবো।"

এরপর কিছুক্ষণ মীনা চুপ করে থাকলো। তারপর বলতে শুরু করলো-

"বাবুকে তো চিনতে। এমনিতে ভালো মানুষ। তবে সন্ধ্যে হলেই একপেট মদ খেয়ে বাড়ি ঢুকতো। বাপ্ বেটা সারা দিন যা আয় করতো, মদ খেয়েই উড়িয়ে দিতো। সংসার কিভাবে চলবে জানে না। "

" ছেলেরা না হওয়ার আগে, আমি আর শাশুড়ি না খেয়েই কাটাতাম । ছেলেরা হওয়ার পরে তো সংসার খরচ বেড়ে গেলো। শাশুড়ি এক বাড়িতে কাজ ধরলো। আমি তোমাদের ফ্ল্যাটে মনোজবাবুর বাড়িতে ঘর মোছা, বাসন ধোয়ার কাজ নিলাম। বাচ্চাদের দেখাশোনার জন্য, শাশুড়ি আর

আমি কাজের সময় আলাদা আলাদা করে নিলাম। আমি ঢুকলে শাশুড়িমা বেরোতেন। "

" এই কাজ করা নিয়েই অশান্তি। বৌ ছেলেদের খেতে দিতে পারবে না, আবার কাজ করা নিয়ে খারাপ কথা বলতেও ছাড়বে না ।পাড়ার ছেলে, বুড়ো কারোর সাথে কথা বলতে দেবে না। কথা বলতে দেখলেই বাড়ি এসে ঝামেলা শুরু করে দেবে। রাতে মদ খেয়ে কি যে অকথা-কুকথা বলে তার ঠিক নেই। "

" আমার জেদ বেড়ে গেলো।পাড়ার ছেলেদের সাথে ইচ্ছে করে ওকে দেখিয়ে দেখিয়ে বেশি করে কথা বলতাম। সেটাই বোধহয় ও মেনে নিতে পারেনি মন থেকে। তাই এমন কাজ করলো।আমাদের তো সব বাড়ির পাশেই মরণ ফাঁদ। সেই ফাঁদেই গলা বাড়িয়ে দেয় ।"

" আমাদের পাড়ার ছেলে, বুড়োরা ভালো নয় জানি। কিন্তু তুমি বিশ্বাস করো, কারোর সাথেই আমার কোনো খারাপ সম্পর্ক ছিল না। ওর উপর রাগ করে এসব করতাম। "

" আমাকে বাবু খুব ভালোবাসতো। তবে শুধু ভালোবাসা দিয়ে হয় না, তাতে পেট ভরে না। মা, বৌ, ছেলেদের কষ্টের কথা ভাবতে হয়। তা দূর করার চেষ্টা করতে হয়। কিন্তু বিকেলটা গড়ালেই মা, বৌ, বাচ্চা সব মন থেকে উধাও। কেবল নিজের ফুর্তি। আমি আর সহ্য করতে পারছিলাম না।"

"এখন অবশ্য মনে হয়, তখন ওসব না করলেই পারতাম। বাবু তাহলে হয়তো এখনো বেঁচে থাকতো। আমার তখন কেমন একটা জেদ চেপে গেছিলো। বাবু চলে যাওয়ার পরও তো কম কষ্ট পাইনি। বাবুর দেওয়া কষ্ট গুলোও হয়তো সহ্য হয়ে যেত। এখনো বাবুকে আমি ভুলতে পারিনি জানো দিদি। "

অমলা জানতে চাইলো -" তবে আবার কেন বিয়ে করলি? "

মীনা বললো- "বাবু বেঁচে থাকতে বুঝিনি। চলে যাওয়ার পর বুঝেছি, চারপাশে কত রাক্ষস, আর হায়নার দল ঘুরে বেড়াচ্ছে। বাবু বেঁচে থাকতে

যাদের ভালো বলে মনে করতাম, তাদেরও খারাপ রূপ বেরিয়ে এলো সামনে। "

"এদের হাত থেকে নিজেকে বাঁচাতে, দুই ছেলে, শ্বশুর, শাশুড়ি, আমার সংসার বাঁচাতে, বিয়ে করার খুব প্রয়োজন হয়ে পড়লো। "

শাশুড়ি তখন আমাকে বললো- "তোকে কেউ বিয়ের কথা বললে, আমাকে বলবি। আমি নিজে দাঁড়িয়ে থেকে তোর বিয়ে দেব।"

" সেই সময় এই পাড়ার সোনার দোকানের একজন ছেলে আমাকে বিয়ের কথা বললো। "

অমলা বললো - "এ পাড়াতে প্রচুর সোনার দোকান, সব কাটাই-এর কাজ করে। কোন দোকানের ছেলে? "

মীনা বললো- "ঐ যে রক্ষিত কাটাই এর দোকানের ছেলে। "

" তুই সে ছেলের কোনো খোঁজখবর নিস্ নি ? না জেনে শুনে বিয়ে করতে গেলি ? - অমলা বিরক্ত হয়ে বললো।

" না গো দিদি -আমি জিগেস করেছিলাম। শাশুড়ি জিজ্ঞেস করেছিল। আমাদের বলেছিলো- ওর বাড়ি মেদিনীপুরের ক্ষীরপাই গ্রামে।"

শাশুড়ি জানতে চেয়েছিলো - "তোমার বয়স তো হয়েছে, বিয়ে করোনি কেন? "

কার্তিক বললো - " আমি বড়ো ভাই। ভাই-বোনেদের মানুষ করে, তাদের বিয়ে দিতে গিয়ে নিজের বিয়ে করা হয়ে ওঠেনি। এবার বিয়ে করবো বলে ভাবছি। "

শাশুড়ি জিজ্ঞেসা করলো-" তুমি বাড়ি, মানে দেশে কতদিন পর যাও?"

কার্তিক বললো-" এখন দেশে খুব একটা যাই না। ভাই বোনেদের নিজের নিজের সংসার হয়েছে। ঘর, বাড়ি, জমি-জমা ভাগাভাগি হয়ে গেছে। আমার ভাগের বাড়ি, আর কয়েক ছ'টাক জমি ছোটভাই দেখাশোনা করে। বছরে এক, দুবার গেলেই চলে। "

শাশুড়ি বললো-" মীনাকে বিয়ে করে তুমি বাবা আমার বাড়িতেই থাকবে। ছেলে চলে গেছে, তুমি ছেলের মতোই থাকবে।"

"এই মানুষ এতখানি মিথ্যেবাদী হতে পারে, আমরা কি করে বুঝবো? "

" সত্যিরে, জগতে মানুষকে চেনা বড় শক্ত কাজ। পশু-পাখি, জীব-জন্তুকে আমরা বুঝতে পারি। তাদেরকে বিশ্বাস করতে পারি। তবে মানুষ কে বিশ্বাস করা যায় না। মানুষ ঈশ্বরের সৃষ্ট সবচেয়ে জটিল, রহস্যজনক প্রাণী। সৃষ্টিকর্তা স্বয়ং তাকে বুঝে উঠতে পারেন না। " - অত্যন্ত গম্ভীর হয়ে অমলা কথাগুলো বললো।

তারপর জিজ্ঞেস করলো -

" তা কার্তিকবাবুর রহস্য কি করে উদ্ঘাটন হলো ?"

" চার মাস, কি পাঁচ মাসের মাথায় হটাৎ একদিন একজন মহিলা দশ-বারো বছরের বাচ্চা ছেলে নিয়ে এসে আমাদের বাড়িতে হাজির হলো। "

বাচ্চাটি কার্তিককে দেখিয়ে বললো-

" মা ওই দেখো বাবা এদের বাড়িতে বসে আছে। "

আমরা অবাক হয়ে সেই বাচ্চার দিকে তাকাতেই, সেই মহিলা কার্তিকের চুলের মুঠি ধরে নিচের দিকে নামিয়ে পিঠে দুমদাম করে কিল বসাতে লাগলো। "

" শাশুড়ি দৌড়ে গিয়ে ছাড়ানোর চেষ্টা করলো, পারলো না। আমি তখন দৌড়ে গিয়ে মহিলার কোমর ধরে ছাড়িয়ে নিয়ে এলাম।তারপর যা শুনলাম, তোমাকে কি বলবো দিদি ! "

" মহিলা কার্তিকের বৌ, নাম সবিতা। তাদের ভালোবাসার বিয়ে। এক ছেলে, এক মেয়ে আছে তাদের। প্রতি মাসেই কার্তিক বাড়ি যায়। তিনচার দিন থাকে, তারপর আসে। হঠাৎ কার্তিকের যাওয়া বন্ধ হয়ে যায়। আর টাকা পয়সা পাঠায় না। শ্বশুর -শাশুড়ি বেঁচে আছে। তারা ছেলের কাছে থাকে না। দুই বাচ্চা নিয়ে সবিতার সংসার চলবে কিভাবে? ক্ষীরপাইয়ের আরো যারা এখানে কাজ করে, তারাই সবিতাকে এই খবর দিয়েছে।"

" সবিতার শাশুড়ি আলাদা থাকলে কি হবে? শাশুড়িই বলেছে- তোর মেয়েকে আমি রাখছি। তুই কলকাতা গিয়ে চুলের মুঠি ধরে ওকে ক্ষীরপাই নিয়ে আয়। তারপর যা করার আমি করবো। "

অমলা ভাবলো- এতো বড় ছেলের উপর মা অধিকার দেখাচ্ছে। এখনকার ছোট বাচ্চারাই আর বাবা মায়ের কথা শোনে না। নিজের ইচ্ছে মতো চলো।

মীনার শাশুড়ি তখন বললো- " তোমার স্বামী তুমি দেশে নিয়ে যাও । কার্তিক তোমাকেও ঠকিয়েছে, আমাদেরকেও ঠকিয়েছে। আমি নিজে জানতে চেয়েছিলাম কার্তিকের বাড়ির কথা। ও কিছু জানায় নি। বরং আমার দুই নাতির দায়িত্বও নিতে চেয়েছে। তাইতো আমার মেয়ের সঙ্গে ওর বিয়ে দিয়ে ঘরে থাকতে দিয়েছি। এই মেয়ে আর দুই নাতি ছাড়া আমাদের তো আর কেউ নেই। "

মীনার শাশুড়ি আরো বললো- "তোমার বরের যখন এই স্বভাব তখন ওকে আর হাতছাড়া কোরো না। ও যেখানে যাবে তুমিও সাথে সাথে যাবে।"

সবিতা, কার্তিককে নিয়ে চলে গেলো।

সবিতাকে দেখে মীনার এক অন্য রকমের গভীর অনুভূতি হয়েছিল। সবিতা চোখের সামনে নিজের ভালোবেসে বিয়ে করা স্বামীর আরেক সংসার দেখছে। সেখানে তার আরেক বৌ আছে, বৌ'য়ের বাচ্চাও আছে, নতুন মা হয়েছে। সবিতা ভীষণ কষ্ট পেয়েছে।

এই সময় তার বাবুর কথা মনে পড়েছে। বাবু যখন তাকে অন্য ছেলের সাথে কথা বলতে দেখতো, কত কষ্টই না পেতো। অবশ্য সে সব তার মিথ্যে নাটক ছিল। ভগবান জানেন, তার কোনো খারাপ সম্পর্ক ছিল না।

অমলা বললো-

"এতো দ্বিতীয় পর্ব গেলো, তৃতীয় পর্বে কি হলো? "

মীনা বললো-

" তৃতীয় বিয়েটা হয়নি। ওটা লোকে মিথ্যে রটিয়েছে। সেও সোনার দোকানের ছেলে। সিং এর মুদিখানার দোকানের পাশে যে কাটাইয়ের দোকানটা আছে, সেই দোকানে কাজ করে। নাম সনাতন। সেও নিজে থেকে আমাকে বিয়ের কথা বলেছিলো। আমার দুই ছেলে আছে জেনেও আমার পিছু ধাওয়া করতো।"

"রোজই সনাতন পিছুপিছু ঘোরে। একদিন বিরক্ত হয়ে শাশুড়িকে বললাম।

শাশুড়ি বললো-

"এখন সনাতনকে কিছু বলবি না। আগে আমি ওর সবকিছু ভালো করে খোঁজখবর নিই। তারপর আমিই কথা বলবো।"

শাশুড়ি খোঁজখবর নিয়ে যা জানলো, তা হলো -

দত্তপুকুরে সনাতনের বাড়ি। সেখানে তারও বৌ, এক মেয়ে, মা, বাবা, দাদা, বৌদি সবাই থাকে। এও একজন মিথ্যেবাদী পরিবার ঠকানো পুরুষ। কি করে মানুষ এমন প্রতারক হতে পারে, ভাবলেই অবাক লাগে।

শাশুড়ির এবার জেদ চেপে গেলো। জোর গলায় বললো -

"তোর বিয়ে আমি দেবই মীনা। ছেলে আমিই জোগাড় করবো। হয়তো সময় লাগবে। কিন্তু একাজ আমাকে করতেই হবে। তোকে বাঘ ভাল্লুকদের হাতে আমি ছেড়ে দিতে পারবো না। "

তারপর থেকে শাশুড়ি পাত্রের সন্ধান পেলে একা একাই চলে যেতো। কোথায় যেত, কাউকে জানতে দিত না। অবশেষে বসিরহাটে একজন পাত্রের সন্ধান পেয়ে সেখানে ছুট লাগালো।

ভালো করে খোঁজ খবর নিয়ে, সোজা পাত্রের বাড়ি। পাত্রের নাম ত্রিদিব মন্ডল। একমাত্র ছেলে। বাবা নেই। মায়ের এই একমাত্র ছেলেকে নিয়ে ভীষণ চিন্তা। ছেলের বিয়ে দিয়েছিলো। বৌমা বেশিদিন সংসার করলো না। অন্য ছেলের সাথে সম্পর্ক গড়ে পালিয়ে গেলো।

ছেলের দোষ, না বৌমার, কেউ-ই ঠিক মতো বলতে পারে না । খোঁজখবর নিয়ে জানা গেলো-

ছেলের চাষী সংসার। বেশ কিছু জমিজমা আছে। তা চাষাবাদ করে সংসার চালায়। এই এলাকার মেয়েরাও ছেলেদের সাথে মাঠের কাজ করে। সংসার সামলে মাঠের কাজে যেতে হয়। কারণ মাঠের লেবার খরচ প্রচুর। অত খরচ দিয়ে চাষাবাদ করতে গেলে, পেটার ভাত জুটবে না। সেই মেয়ে ঘরের কাজ করলেও মাঠের কাজে যেতে রাজি নয়। গাছের ডালপাতা জ্বালিয়ে রান্না করতে পারে না। উজ্বলা যোজনার গ্যাস না হলে, অন্তত পাম্প স্টোভ, বা পলতের স্টোভ চাই। বাসনপত্রের কালি মেজে তুলতে পারবে না। এ মেয়ে সকাল বিকেল সাজ গোজ করে ঘুরে বেড়াতে ভালো বাসে।

সেজেগুজে ঘুরে বেড়ানোতে ছেলের আপত্তি নেই। কিন্তু ঘর সংসারের প্রয়োজনীয় কাজ করতে না পারলে, নিত্য অশান্তি বাধে । তাই অশান্তি থেকে বাঁচতে সে অন্য জায়গায় ঘর বাঁধলো।

সব জেনে এসে শাশুড়ি মীনাকে জিজ্ঞেস করলো-

" হ্যাঁরে জমিতে চাষের কাজ করতে পারবি? ডালপালা, কাঠ, খড় দিয়ে রান্না করতে পারবি? একতলা পাকা বাড়ি। প্লাস্টার করে ভিতরের দিকে রং

করেছে।বাইরেটা রং হয়নি। বাড়িটা বাসের রেলিং দিয়ে ঘেরা। মাচা দিয়ে লাউ, কুমড়ো ফলিয়েছে। পুঁইলতা, করলা লতা ঝুলছে বাঁশের রেলিং এ। বাড়ি ঘরদোর ভালো। ছেলেটাও বেশ ভালোরে মীনা। তুই যদি রাজি থাকিস, আমি কথা বলবো ছেলের মায়ের সঙ্গে। "

মীনার কোনো আপত্তি নেই। কত ধরণের মানুষই তো দেখলো মীনা।এবার না, হয় আর এক ধরণের দেখবে। তাছাড়া বিয়ে করলে সংসার তো তারই হবে। নিজের সংসার সামলাতে, নিজের জমিতে চাষের কাজ করবে তাতে অসুবিধা কোথায়? এতদিন তো নিজের ঘরসংসার সামলাতে পরের বাড়ির ঘর মোছা, বাসন মাজার কাজ করতে হয়েছে। এখন রোদে পুড়ে, বৃষ্টিতে ভিজে মাঠের কাজ করতে হলেও, তা অনেক সম্মানের। তাই মীনা জানিয়ে দিলো এই বিয়েতে সে রাজি আছে।

মীনার সম্মতি নিয়ে মীনার শাশুড়ি ছুটলো ত্রিদিবের মায়ের কাছে। ত্রিদিবের মা আলোরানী জানালো-

" মীনা যদি আমার ছেলেকে ভালোবেসে জমিতে চাষাবাদ করে, দুজনে মিলে মিশে হাসিমুখে সংসার চালায়, তা হলেই আমি ভীষণ খুশী। সেই সঙ্গে বড় হওয়া দুই নাতি পাচ্ছি, এর চেয়ে ভালো, আর কি ই বা হতে পারে। আমাদের পাড়ার রেখাদি, দশ বারো বছর হয়ে গেল - আজও নাতি নাতনির মুখ দেখতে পাই নি। সেদিক থেকে আমি ভাগ্যবান। এখন ছেলের মতামত নেওয়া জরুরি। সে আবার কি বলে কে জানে ?

ছেলেকে জানতে চাওয়া হলে ছেলে জানালো - " আমার সঙ্গে জমিতে কাজ করতে রাজী হলে আমি বিয়ে করবো। "

সকলে সম্মতি জানালে মীনা বললো -" আমি ত্রিদিবের সঙ্গে দেখা করে কিছু কথা বলবো। বিয়ে করার আগে নিজেদের মধ্যে কথা বলে এগানোই ভালো। "

মীনা ত্রিদিবের সঙ্গে কথা বলতে বসিরহাট গেল। ত্রিদিব জমিতে নিয়ে গেল। জমির আলে বসে দুজনের কথা হলো। মীনা বললো -

" আমার ছেলেরা দমদমে দাদু ঠাকুমার কাছে থাকবে। ওরা ওদের কাছেই মানুষ। আমাকে ছেড়ে থাকতে পারবে, ওদের ছেড়ে থাকতে পারবে না। তাছাড়া ওরাও নাতিদের ছেড়ে থাকার কথা ভাবতেই পারে না। বাবুর বাবা মায়ের বয়স হয়েছে, তারা আর বিশেষ খাটতে পারে না। ঘরে বসেও থাকে না। যতটা পারে কাজ করে। তাই ছেলেদের পড়াশোনার খরচ দেবার সাথে সাথে ওখানকার সংসার চালানোর দায়িত্ব সবটা না হলেও অনেক টা নিতে হবে। "

ত্রিদিব মীনার সমস্যা হেসেই উড়িয়ে দিল। বললো - " ও সব আমার কাছে কোনো সমস্যা নয়। আমার সমস্যা আমার জমিজমার চাষবাস নিয়ে। "

মীনা বললো - " সমস্যা কিসের ? আমিও তোমার সঙ্গে জমিতে কাজ করবো। "

ত্রিদিব বললো -" তুমি কাজ করলেও সমস্যা মিটবে না। জমি থেকে আজকাল যা ইনকাম, তা দিয়ে ভালোভাবে সংসার চালানো যায় না। একবার পুড়ে যায়, একবার ভেসে যায়। তাই ভাবছি, জমিটা কন্টাক্ট দেব, তা থেকে যা ফসল আসবে তাই দিয়ে মোটামুটি চলে যাবে। "

আরো বললো - " আমার ইচ্ছে মাকে নিয়ে কলকাতা শহরে চলে যাওয়া। সেখানে গিয়ে ঘর ভাড়া নিয়ে খেটে খাবো। সেখানে গিয়ে তুমি কাজ করতে পারো, নাও করতে পারো, তোমার ইচ্ছে সেটা। সংসার যতই বড় হোক, সকলকে খেটে খাওয়ানোর ক্ষমতা আমার আছে। "

মীনা সাথে সাথে প্রবল আপত্তি জানিয়ে বললো -" বাবু বেঁচে থাকতেই কাজে নেমেছি। এখন আর ঘরে বসে থাকতে পারবো না। দুজনে মিলে কাজ করলে, সংসার খরচ চালিয়ে, দুটো পয়সা ঘরে জমবে। "

দুজনে পাকা কথা বলে বিয়ের দিন স্থির করে নিলো।

বিয়ে করে মীনা, চার বছর বসিরহাটে সংসার করলো।

তারপর ত্রিদিবের মাকে নিয়ে কৈখালিতে ঘর ভাড়া নেয়। ত্রিদিব কোনদিন ঘরে বসে থাকে না। যখন যেমন কাজ তাই করে।

মীনা একটা সেন্টারের সাথে যোগাযোগ করে আয়ার কাজ ধরে। এভাবেই কাজ করে দু 'জনে মিলে ছেলেদের বড় করে ফেললো।

এদিকে মীনার ছেলেদের বিয়ে হয়ে গেল। শ্বশুর মশাইও নাত বৌ দেখে নাতির ছেলের মুখ দেখে স্বর্গে গমন করলো। হওয়ার চেয়েও দ্রুত গতিতে এত্তগুলো বছর কেটে গেলো।

মীনার ও বয়স বেড়েছে, এখন আর সেন্টার এর কাজ করতে চাইছে না। ভালো কোন বাড়ি পেলে একটা বাড়িতেই থেকে যাবে।

এমন সময়ে মীনার কাছে আমার ফোন গেল।

এত লম্বা কাহিনী শুনিয়ে মীনা বললো -

" মেয়েদের সব সময় মাথার ওপর শক্ত ছাতার প্রয়োজন। বাবা, মা যতদিন পারে ছাতার তলায় আশ্রয় দেয়। তারপরের ছাতা শক্ত পোক্ত না হলে, অল্প রোদ বৃষ্টির ধাক্কা সামলাতে পারবে না। হুড়মুড়িয়ে ভেঙে পড়বে। তাই শক্ত ছাতার খুব দরকার। "

ত্রিদিব শক্ত ছাতা। তার ছাতার নীচে আমি ভালো ই আছি গো দিদি। "

" এবার বলো তোমার বাড়ি কবে থেকে আসবো। "

অমলা এক গাল হেসে, স্নেহের দৃষ্টিতে মীনার দিকে তাকিয়ে বললো - " তাহলে পয়লা নভেম্বর থেকে আয়। "

www.ingramcontent.com/pod-product-compliance
Lightning Source LLC
LaVergne TN
LVHW101504200926
848483LV00001B/218